CONTOS
ANARQUISTAS

Ilustração da edição fac-similada do jornal
A Voz do Trabalhador,
Imprensa Oficial do Estado de São Paulo, 1985.

CONTOS ANARQUISTAS
temas & textos da prosa libertária no Brasil (1890-1935)

Edição organizada por
ANTONIO ARNONI PRADO
FRANCISCO FOOT HARDMAN
CLAUDIA FEIERABEND BAETA LEAL

wmf **martinsfontes**

Alguns textos desta coletânea não estão em domínio público.
A Editora WMF Martins Fontes procurou entrar em contato com eventuais herdeiros dos autores mas não conseguiu localizá-los. Em vista disso, decidiu publicá-los, dispondo-se a acertar os direitos caso seus detentores sejam encontrados.
Copyright © 2011, Editora WMF Martins Fontes Ltda.,
São Paulo, para a presente edição.

1ª edição 2011
2ª tiragem 2021

Tradução dos textos (espanhol e italiano)
Silvana Cobucci
Acompanhamento editorial
Helena Guimarães Bittencourt
Preparação (cotejo com original)
Maria Fernanda Alvares
Revisões
Margaret Presser
Marisa Rosa Teixeira
Edição de arte
Adriana Maria Porto Translatti
Produção gráfica
Geraldo Alves
Paginação
Moacir Katsumi Matsusaki
Capa
Adriana Maria Porto Translatti

Dados Internacionais de Catalogação na Publicação (CIP)
(Câmara Brasileira do Livro, SP, Brasil)

Contos anarquistas : temas & textos da prosa libertária no Brasil (1890-1935) / edição organizada por Antonio Arnoni Prado, Francisco Foot Hardman, Claudia Feierabend Baeta Leal. – São Paulo : Editora WMF Martins Fontes, 2011. – (Contistas e cronistas do Brasil / coordenador Eduardo Brandão)

ISBN 978-85-7827-401-6

1. Anarquismo na literatura 2. Contos brasileiros – Coletâneas 3. Literatura brasileira – História e crítica I. Prado, Antonio Arnoni. II. Hardman, Francisco Foot. III. Leal, Claudia Feierabend Baeta. IV. Brandão, Eduardo. V. Série.

11-03097   CDD-869.9308

Índices para catálogo sistemático:
1. Contos anarquistas : Coletâneas : Literatura brasileira   869.9308

Todos os direitos desta edição reservados à
Editora WMF Martins Fontes Ltda.
Rua Prof. Laerte Ramos de Carvalho, 133 01325.030 São Paulo SP Brasil
Tel. (11) 3293.8150 e-mail: info@wmfmartinsfontes.com.br
http://www.wmfmartinsfontes.com.br

COLEÇÃO
"CONTISTAS E CRONISTAS DO BRASIL"

Vol. XX – Contos anarquistas

Esta coleção tem por objetivo resgatar obras de autores representativos da crônica e do conto brasileiros, além de propor ao leitor obras-mestras desse gênero. Preparados e apresentados por respeitados especialistas em nossa literatura, os volumes que a constituem tomam sempre como base as melhores edições de cada obra.

Coordenador da coleção, Eduardo Brandão é tradutor de literatura e ciências humanas.

Organizaram o presente volume:

Antonio Arnoni Prado, professor titular do Departamento de Teoria Literária da Unicamp, autor, entre outros, de *Lima Barreto: o crítico e a crise* (1976), *Itinerário de uma falsa vanguarda* (1983), *Trincheira, palco e letras* (2004), e organizador de *Libertários no Brasil* (1987).

Francisco Foot Hardman é professor titular do Departamento de Teoria Literária da Unicamp e Pesquisador 1-A em Literatura Brasileira do CNPq. É autor, entre outros, de *Nem pátria, nem patrão! Memória operária, cultura e literatura no Brasil* (2002), *Trem-fantasma: a ferrovia Madeira-Mamoré e a modernidade na selva* (2005), e de *A vingança da Hileia: Euclides da Cunha, a Amazônia e a literatura moderna* (2009).

Claudia Feierabend Baeta Leal, é mestre em Teoria Literária e doutora em História Social do Trabalho pela Unicamp. É historiadora da Coordenação-Geral de Pesquisa e Documentação e professora do Mestrado Profissional em Preservação do Patrimônio Cultural, ambos do IPHAN.

ÍNDICE

Introdução XIII
Cronologia XLV
Nota sobre a presente edição LXXI

FORMAÇÃO MILITANTE

Anônimo
O primeiro passo 5

Guglielmo Marroco
Entre operários (diálogo) 9

Felipe Morales
Palestra 16

J. Lleros
A anarquia propagada e discutida entre operários 20

PROJEÇÕES DA UTOPIA LIBERTÁRIA

G. D. [Gigi Damiani]
Germinal! 37

Vicente Carreras
Acraciápolis (conto) 41

Anônimo
Fogo! 45

Maria Lacerda de Moura
Oração 49

Felix Lázaro
A cidade das almas adormecidas 53

Neno Vasco
Os parasitas 63

NEGAÇÃO DO ESTADO E DA ORDEM BURGUESA

Pascual Guaglianone
A estranguladora de seus filhos 69

Gil
Comédia em um ato 73

Photographo
Placas fotográficas, 2 81

O DESERTOR
O culto à pátria (diálogo entre um tenente
e um recruta) 83

UM GRUPO DE ALIENADOS
Maluquices 87

ASTROJILDO PEREIRA
O desertor 92

LANCETA
Na Cretinolândia 94

FLORENTINO DE CARVALHO
A nossa expulsão – Apontamentos para a
história das infâmias burguesas 98

JOSÉ OITICICA
Impossível 103

MORAL ANARQUISTA

J. LLEROS
Livre amor (diálogo entre operários) 113

F. PI Y ARSUAGA
O que dizem as máquinas 118

GIGI DAMIANI
Conto extraordinário 120

DOMELA NIEUWENHIUS
Uma fábula 124

FÁBIO LUZ
A esmola 130

ANÔNIMO
Um conto que parece uma verdade 133

LUCIANO CAMPAGNOLI
Os dois burros 137

AVELINO FÓSCOLO
No circo 141

SÍLVIO DE ALMEIDA
A lição do abutre 148

DOMINGOS RIBEIRO FILHO
O espantalho da loucura 150

MISÉRIA URBANA

ALEX
Iguarias 159

MOTA ASSUNÇÃO
Na morgue 162

DEMÓCRITO
Os gatunos 169

PHOTOGRAPHO
Placas fotográficas, 1 172

SACHA VOLANT
Na rua 175

COTIDIANO OPERÁRIO

P. Industrial
O adulador 179

Chapeleiro Anônimo
Um sonho 181

Neno Vasco
Povero Vecchio! 187

Pausílipo da Fonseca
A vitória da fome 190

Everardo Dias
As reivindicações da canalha 198

Felipe Gil
A fábrica 204

Sobre os autores conhecidos 213

ANEXOS – ORIGINAIS ESCRITOS EM ESPANHOL E EM ITALIANO

Anônimo
El primer paso 229

J. Lleros
L'anarchia propagata e discussa tra operai   233

G. D. [Gigi Damiani]
Germinal! 248

Il disertore
Il culto della patria (dialogo fra un tenente e una recluta) 252

F. Pi y Arsuaga
Lo que dicen las máquinas 256

Domela Nieuwenhius
Una favola 258

INTRODUÇÃO

> *Os anarquistas falam da humanidade para a humanidade, do gênero humano para o gênero humano, e não em nome de pequenas competências de personalidades políticas.*
> LIMA BARRETO

Do ponto de vista da história cultural, a literatura anarquista pode ser recuperada de uma dupla perspectiva: primeiro, enquanto sistema autônomo de militância intelectual, responsável pela mobilização da classe operária em favor dos ideais libertários; e, depois, como contraponto da vanguarda política à vanguarda estética, que a superou em meio à euforia dos anos heroicos da Semana de Arte Moderna.

Entre as questões que esse tipo de investigação suscita, merece destaque a de definir no que realmente consistiu essa literatura, por onde ela circulou, que gêneros predominaram e sob que condições ela se produziu. A tarefa de propor tais distinções não é simples, dadas a amplitude do material e a relativa escassez das fontes de referência. Acresce, do ponto de vista da autoria, a questão de distinguir os escritores anarquistas dentre os autores profissionais que aderiram à causa no calor da hora; os escritores militantes que escreviam para a classe trabalhadora, incorporando-se ao movimento pelo trabalho de divulgação doutrinária e pedagógica; o escritor-operário, em geral anônimo, que colaborava com os jornais e revistas de classe; e o militante político do anarquismo, que conduzia a liderança do movimento e ocasionalmente fazia literatura[1].

Por essa razão, diversificamos nossos contatos com as fontes primordiais, no Arquivo Edgard Leuenroth, da Unicamp, na Biblioteca Nacional do Rio de Janeiro, na Biblioteca Municipal e no Arquivo Público de São Paulo, passando pela obra de alguns documentalistas do anarquismo no Brasil, como Edgard Leuenroth e Edgar Rodrigues, que oferecem informações valiosas.

Um dos roteiros para esta antologia foi o ensaio "Sinais do vulcão extinto", do livro *Nem pátria, nem patrão!*, de Francisco Foot Hardman

---

1. É bom lembrar que autores europeus foram traduzidos e incorporados pela imprensa operária no Brasil, aparecendo com frequência em muitos periódicos, como é o caso, entre outros, de Tolstói, Gorki, Zola, Piy Margall, Pio Baroja e Pi y Arsuaga. Deste último, por exemplo, circulou com grande êxito o conto "O galo", publicado no jornal *O Trabalho*, I (3): 24 jun. 1922.

(Brasiliense, 1983), que traz os primeiros lineamentos do que foi a literatura anarquista no Brasil, com base em documentos e textos ainda em grande parte negligenciados pela historiografia convencional. Esse trabalho sugeriu pistas que nos levaram às questões mais vivas acerca das origens do escritor anarquista, das principais revistas e jornais que acolheram a poesia e a ficção libertária e, de modo concreto, às condições culturais em que essa literatura se desenvolveu. Além disso, quando discute as contradições de uma prática cultural desterrada em seu próprio espaço, o referido ensaio também registra a assimilação das teses libertárias por certo inconformismo pré-modernista que permite resgatar todo um acervo de experiências na área da poesia, do teatro, do romance e do conto.

Desse inventário inicial saíram os desdobramentos da pesquisa. A primeira constatação revelou não ser o romance o gênero de frente da ficção libertária. E isso se explica: o seu ritmo de radiografia da vida burguesa, além de deformar a concepção do herói (caso dos romances *O ideólogo*, 1903, de Fábio Luz, e *Regeneração*, 1904, de Curvello de Mendonça, entre outros), acaba desvinculando-o, enquanto personagem, das contradições da luta de classes, então ostensivas na atividade cultural das associações, nas festas e celebrações públicas, nas greves e nos atos de resistência. Ou seja: a literatura que vinha desse meio era de certa forma mais significativa porque, como aponta *Nem pátria, nem patrão!*, estava marcada com o peso biográfico dos heróis anônimos que então emergiam para a História. Longe do andamento figurativo e esquemático do romance humanitário aberto às teses anarquistas (heróis redentores, moralismo purificador, humanismo artificial do *locus amoenus*), impunha-se o registro da opressão cotidiana que transformava a palavra em instrumento de sobrevivência, experimentando a narrativa curta na percepção do flagrante ou reinventando o teatro pedagógico de ação direta[2]. Isso nos levou a optar pelo levantamento dos textos literários ainda menos conhecidos e explorados do que o próprio romance social, como é o caso dos contos e dos relatos breves que incluem a crônica, o depoimento, as fábulas, os diálogos dramatizados etc.

---

2. Quanto ao teatro social, alguns estudiosos do anarquismo já levantaram documentos e textos importantes. Ver a respeito Edgar Rodrigues, *Nacionalismo e cultura social (1913--1922)*, Rio de Janeiro, Laemmert, 1972; Maria Thereza Vargas (coord.), *Teatro operário na cidade de São Paulo*, São Paulo, Secretaria Municipal de Cultura, Departamento de Informação e Documentação Artística, Centro de Pesquisa de Arte Brasileira, 1980; Francisco Foot Hardman, *Nem pátria, nem patrão: vida operária e cultura anarquista no Brasil*, São Paulo, Brasiliense, 1983. Fora da área específica do anarquismo, convergem para o tema trabalhos como o de Miroel Silveira, *A contribuição italiana ao teatro brasileiro (1895-1964)*, São Paulo, Quíron-INL, 1976.

Os textos que integram esta antologia recobrem o período que vai de 1901 a 1935. Trata-se de uma seleção que procurou concentrar-se em alguns dos principais órgãos da imprensa operária pelos quais circulou boa parte da produção literária anarquista do país. São ao todo 27 relatos originalmente publicados nos periódicos que se seguem. Do Rio de Janeiro: a revista *Kultur* (1904), dirigida por Elysio de Carvalho e Mota Assunção, cuja importância consiste em ser talvez precursora no registro das primeiras correntes ideológicas do pensamento anarquista no Brasil, em artigo ali assinado por Elysio de Carvalho, que distingue nas etapas iniciais do movimento uma vertente *comunista* (Neno Vasco, Benjamim Mota, Angelo Bandoni, Manuel Moscoso e Fábio Luz), outra *individualista* (Elysio de Carvalho e Mota Assunção) e uma terceira *tolstoiana* (Curvello de Mendonça, Pereira da Silva e Juan Corona)[3]; o jornal *Emancipação* (1904), da Liga das Artes Gráficas e do Proletariado em Geral; o jornal *Novo Rumo* (1906-1910), dedicado à defesa dos trabalhadores; o jornal *O Baluarte* (1907), órgão da Associação de Classe dos Trabalhadores Chapelei-

---

3. A informação é de Moacir Medeiros de Sant'Ana, *Elysio de Carvalho, um militante do anarquismo*, Maceió, Arquivo Público de Alagoas, 1982, pp. 35-7. A questão é também desenvolvida por Eric Gordon, *Anarchism in Brazil: Theory and Practices – 1890-1920*, Nova Orleans, Tulane University, 1978 (ph.D., mimeo.).

ros; a revista *Na Barricada* (1916-1919), editada por Orlando Correia Lopes; o jornal *Liberdade* (1917), de Pedro Matera; e o jornal *Correio da Manhã* (1901), que, sem ser exatamente um jornal libertário, chegou a fazer oposição às oligarquias e a abrir suas páginas a alguns intelectuais mais expressivos do anarquismo.

De São Paulo percorremos a produção literária e a crônica do cotidiano do jornal quinzenal *O Carpinteiro* (1905), bem como as páginas do jornal da Federação Operária Paulista, *A Luta Proletária* (1906-1908), do jornal *O Internacional* (1921-1929) e do *Guerra Sociale* (1915-1917), editado por Angelo Bandoni, incluindo naturalmente aí a leitura de periódicos historicamente decisivos, como *A Lanterna* (1901-1904, 1909-1916, 1934-1945), editada por Benjamim Mota e Edgard Leuenroth, e *A Plebe* (1917-1924, 1932-1945, 1948-1951), dirigida por Edgard Leuenroth.

O jornal *Aurora Social* (1901-1902), de Recife, e a folha de propaganda libertária *O Despertar* (1904-1905), editada em Curitiba pelos militantes históricos Gigi Damiani e J. Buzetti, completaram o nosso roteiro, cabendo assinalar que, como método de edição, o material foi organizado segundo os critérios temático e cronológico e teve a sua ortografia atualizada em razão da necessidade de uniformizar o registro escrito de termos cuja grafia muitas vezes flutuava dentro de um mesmo periódico, para não falar da variação ainda maior nos quase quatro decênios que balizam os textos selecionados.

O mergulho nesse universo da ficção militante nos confirmou, em relação ao conto, como de resto acontece com a arte anarquista, que ele não é propriamente um texto de autor. Ao contrário deste, que privilegia a singularização e retém o leitor na fruição estética do instante, o conto anarquista elimina a ambiguidade e integra um sistema reiterativo de propagação ideológica, muito embora não deva ser confundido com um mero instrumento de propaganda dirigida[4]. Se, de um lado, fica difícil distinguir muitas vezes onde termina a doutrinação e começa a criatividade, é preciso levar em conta, de outro, que enquanto gênero ele apenas confirma o princípio geral anarquista, segundo o qual todos os homens são artistas em potencial e, nesse sentido, fazem coletivamente a *arte real*, compreendida como produto de um grupo social unido e identificado em torno de seus ideais[5].

Na verdade, o conto anarquista é um relato exemplar, às vezes retórico, às vezes descritivo,

---

4. Sobre o conceito e a função do conto libertário, ver Lily Litvak, *El cuento anarquista*, Madri, Taurus, 1982, especialmente o "Estudio preliminar", a que remetemos grande parte do apoio teórico ao nosso trabalho.

5. O conceito de *arte real* é aqui utilizado no sentido em que o discute André Reszler, *La estética anarquista*, México, Fondo de Cultura Económica, 1974.

em geral dirigido ao universo sociocultural de um grupo específico. Por ser um texto de compromisso, só ganha sentido quando pensado na perspectiva proudhoniana da *arte em situação*, que aciona literariamente os motivos vitais à experiência do grupo em busca da concretização de sua utopia[6].

Desse ponto de vista, a relação entre o escritor e o texto é mediada pelo depoimento e a emoção, mais que pela intuição e a escritura. Grande parte dos escritores anarquistas não cultiva a arte de escrever como um fim em si mesma, e o próprio texto nasce, circunstancialmente, da sucessão dos embates que vão preenchendo a pauta militante dos jornais operários: a denúncia de maus-tratos nas fábricas, a comemoração de um evento revolucionário, o confronto com a repressão, o registro quase expressionista da miséria, a crônica corrosiva da cena burguesa, a caricatura impiedosa dos inimigos da causa, com ênfase para o burguês, o militar e o padre.

É ainda em torno desse padrão que se configura a questão da autoria. Os autores aqui reunidos são pequenos cronistas, operários anônimos, leitores ocasionais, líderes do movimento, jornalistas e intelectuais militantes que se alternam cada um em sua faixa, alguns até mesmo

---

6. Sobre o conceito de *arte em situação*, ver também André Reszler, cit.

através da composição coletiva do texto, na figuração escrita do projeto libertário, cujo alvo maior é a redenção dos deserdados. Nesse vasto painel ideológico, o pequeno cronista documenta as aspirações do trabalhador, que se converte em personagem central da ação direta visando à resistência. Os operários anônimos entram com depoimentos valiosos acerca de sua luta cotidiana contra as instituições dominantes, bem como da representação alegórica dos temas da utopia libertária. As lideranças anarquistas testemunham a sua trajetória, reproduzindo experiências que conheceram no movimento operário, descrevendo prisões, perseguições e choques com a repressão, ao mesmo tempo que delineiam as metas prioritárias da moral anarquista. Os intelectuais militantes aparecem escrevendo de ângulos diferentes, ora assumindo a instrução do trabalhador através de pequenas parábolas, de traduções de histórias exemplares, de referências ao pensamento e à vida dos grandes inspiradores do ideário anarquista, ora criando a partir das matrizes teóricas do movimento.

A questão da linguagem serviu de pretexto para as maiores restrições que a tradição da crítica literária tem dirigido às obras anarquistas no Brasil. O problema aqui é mais complexo, já que na Europa as relações entre a vanguarda estética e a vanguarda política foram historicamente mais fecundas. Para ficar apenas com dois exemplos, lembramos em primeiro lugar as afinidades que em certo momento André Breton assinalou entre o surrealismo e os anarquistas, ao ressaltar a necessidade de uma prática comum para derrubar a estrutura da ordem lógica e moral com que o Estado burguês desencorajava toda e qualquer forma de resistência contra a exploração do homem[7]. E, em segundo, o próprio aprimoramento interno nas técnicas de composição da arte inspirada em temas libertários e desenvolvida por artistas militantes na França e na Espanha[8].

No Brasil, costuma-se tomar o estilo retórico dos romances de tese anarquista (em geral escritos por intelectuais incorporados ao movimento) como uma característica extensiva a toda a literatura de cunho libertário. O erro maior, talvez, é considerar essa marca como um sinal de passadismo a partir, sobretudo, do confronto com o projeto estético dos modernistas da Semana,

---

7. Cf. A. Breton, "La claire tour" (11 jan. 1952), in Arturo Schwarz, *Breton/Trotsky*, Paris, Union Générale d'Éditions, 1974, pp. 183 ss.

8. Ver, a respeito, Lily Litvak, "Arte anarquista catalán de fines del siglo XIX", Austin, Texas, 1984 (mimeo.). Em *Nem pátria, nem patrão!*, cit., Francisco Foot Hardman refere-se à colaboração que através das páginas da *Révue Blanche* os simbolistas franceses (Mallarmé, Rémy de Gourmont, Vielé-Griffin) mantiveram com os escritores anarquistas, revelando não apenas proximidade de pontos de vista, como também solidariedade e apoio político, traduzidos até mesmo em depoimentos a favor dos libertários nos vários processos que lhes eram movidos, pelas autoridades (cf. p. 87).

quando mais correto seria contrapô-la à literatura parnasiana, contra cuja temática os anarquistas se insurgiram. Acusa-se em geral a literatura anarquista de combinar a insubordinação política com o jargão parnasiano, esquecendo-se de que é nessa contradição que está a questão cultural a ser pensada: o processo de contaminação do universo parnasiano pelos motivos libertários, responsáveis pela recusa ideológica da atitude acadêmica comprometida com as elites intelectuais.

Antes de mais nada, é preciso assinalar que o escritor libertário não é um escritor profissional e que, da sua perspectiva, a obra é produto muito mais da experiência coletiva do que propriamente o resultado de uma elaboração estética. No caso de seu trabalho, o que importa não é o texto, e sim a decisão militante que repercute no gesto de escrever, o que leva a concluir que, para o anarquista, o impulso criador vale mais do que a própria obra[9]. Por outro lado, em face da extrema importância que dedicava ao papel da cultura, da disciplina moral e do com-

---

9. Falando sobre o teatro do povo, o militante Cristiano de Carvalho afirma em *Novo Rumo* (Rio de Janeiro, 1 (14): 19 set. 1906): "Se o artista cria tipos, inventa, descreve, analisa sentimentos e chega à síntese, ao conhecimento da alma coletiva, fá-lo no interesse da demonstração. No teatro não se representa para descrever, mas sim para provar. Desenvolver uma alta e serena filosofia social de justiça, de liberdade, de igualdade e, paralelamente, fazer uma acerba crítica do mundo atual, eis o que há a esperar do teatro do povo."

promisso humanitário, é fácil compreender o que significava para ele a dignidade da sua própria mensagem, a ênfase nos juízos, nas constatações e na denúncia, incluindo aí o fervor quase exibicionista com que exaltava a nobreza da causa operária num país onde os oprimidos eram em geral deformados pela literatura culta ou transformados em personagens extravagantes da crônica policial[10].

Desse ponto de vista, o uso do estilo elevado, combinado com a grandeza dos ideais proclamados, é também uma maneira de ocupar o código das classes dominantes e forçar a se abrir por dentro um novo modo de convivência cultural, sempre como forma de conduzir as transformações da ordem burguesa. Vale a pena lembrar que o escritor anarquista harmoniza a crença utópica na vitória de seus ideais com a convicção doutrinária da derrocada irreversível dos

---

10. Na introdução de sua antologia aqui citada, Lily Litvak aprofunda a análise das implicações ideológicas desse vezo exibicionista com que os libertários valorizavam a habilidade da classe trabalhadora. Na mesma direção, Francisco Foot Hardman retoma em *Nem pátria, nem patrão!* a necessidade que E. J. Hobsbawm localizou no seio da classe operária, cuja vanguarda "consciente e militante" procurava adquirir *respectability* ante os seus parceiros e aos olhos da classe dominante (p. 47). Sobre a visão deformante com que a literatura culta reduzia os deserdados, ver Antonio Arnoni Prado, "Mutilados da *Belle-Époque* – Notas sobre as reportagens de João do Rio", in *Os pobres na literatura brasileira* (Roberto Schwarz, org.), São Paulo, Brasiliense, 1983.

valores burgueses. Um exemplo expressivo é o artigo de Elysio de Carvalho, então em plena militância, manifestando a mais franca fé evolucionista em que a burguesia já naufragava de medo e aniquilava-se por si mesma, "como um doido furioso que, às risadas ríspidas, se apunhala nas trevas de um manicômio". Sua conclusão: "nada há a opor às leis do progresso; não há obstáculo que a evolução não vença; não há forças que impeçam o advento da revolução"[11].

A melhor demonstração da aversão dos anarquistas pela estética parnasiana está numa série de artigos sobre a natureza e a função da arte libertária, que apareceram no jornal *Renovação* (RJ), pela altura de 1921-1922. Dois anos antes, Octavio Brandão atacara pelas páginas de *A Plebe* (SP) a indiferença do "intelectual indígena" e das rodinhas de poetas que se formavam às portas dos cafés, "onde se babavam, enlevados, em discussões intermináveis sobre as futilidades da Forma, sobre as torturas do Metro, enquanto lá embaixo, na cansada Europa, as revoluções rebentavam furiosas [...]". "Vá a gente dizer-lhes – concluía –: enquanto sonhais nas vossas torres de luar, burilando frases preciosas, sonoros períodos; enquanto cantais sofrimentos inventados, amores inexistentes, dores imaginárias; enquanto

---

[11]. Elysio de Carvalho, "A derrocada", *Novo Rumo*, I (9): 20 maio 1906.

viveis no mundo vazio das ilusões, ao vosso lado o burguês ganancioso e boçal, aliado ao Estado corrupto e corruptor, temendo que conheçais a Verdade, vos engana de uma maneira grosseira e torpe sobre o verdadeiro sentido da Revolução Maximalista."[12] Seis meses depois, voltaria à carga contra a literatura oficial através do jornal *Spartacus*, que José Oiticica dirigia no Rio, para dizer que não conhecia "sujeitos mais venais do que os literatos, principalmente se são acadêmicos", porque, segundo ele, "lhes faltava espírito de independência, de revolta e de liberdade"[13].

A essa literatura o grupo do jornal *Renovação* chamou de *arte-arteriosclerose*, "ontem concubina da aristocracia, hoje barregã do capital", como forma de abrir caminho às teses da arte libertária, voltada para o cotidiano dos oprimidos e de todos os homens "gerados pela desigualdade social vigente e nivelados para a vida pela geração atual"[14]. Isso explica o caráter teleológico do conto anarquista e sua preocupação em doutrinar para não fugir "à tendência evolutiva do nosso século, que está na confraternização universal"[15]. Para compreendê-lo será preciso

---

12. Octavio Brandão, "Os intelectuais", *A Plebe*, II (10): 26 abr. 1919.
13. Cf. "O palacianismo na arte", *Spartacus*, I (13): 25 out. 1919.
14. Ver "Arte social", *Renovação*, II (5): mar. 1922.
15. Idem.

integrá-lo em sua intencionalidade mais ampla, segundo a qual o espírito popular se constitui num foco inesgotável de criatividade, sempre pronto a produzir e valorizar uma obra de arte quando esta se revela socialmente empenhada.

É bom assinalar que para os anarquistas as obras mais expressivas são aquelas que não têm autor conhecido, ou melhor: aquelas cujo autor se chama espírito popular ou alma coletiva. A esse propósito, cabe lembrar a preocupação dos militantes do jornal *Renovação* em divulgar aos trabalhadores, em 1922, a ideia de que a arte libertária contemplava a existência simultânea de duas modalidades de artista: o artista-povo e o artista-indivíduo, que se alternavam numa atividade complementar de influência recíproca. Ou seja: só era possível a existência de indivíduos-artistas porque antes deles já existia um povo-artista. Daí a função pedagógica dessa arte-síntese que se interpõe entre o presente e o passado da humanidade, articulando luta e liberdade rumo à perfeita harmonia para a qual os anarquistas acreditavam estarem todos os homens destinados[16].

Entre a resistência e a liberdade, o percurso do conto anarquista no Brasil acaba desenvolvendo uma tendência realista inspirada em larga escala nas teses humanitárias de Proudhon e

---

16. Ver, a respeito, o artigo "A arte e o povo", de Romualdo de Figueiredo, publicado no jornal *Renovação*, I (4): fev. 1922.

outra, visionária, tomada aos ideais de Kropotkin. Vera Starkoff, quando reflete sobre a estética de Tchernichevski, em artigo publicado no *Spartacus*, em 1919, aglutina os três aspectos fundamentais da plataforma objetivista da chamada arte em situação: reproduzir a realidade de modo a torná-la acessível a todos, explicar concretamente as causas efetivas de suas contradições e propiciar ao homem os elementos necessários à sua coexistência positiva com a ordem em mudança[17]. Já Maria Lacerda de Moura, aproximando-se da vertente estética mais visionária, anuncia através das páginas de *O Internacional* (SP) as tarefas da "literatura rebelde", desvendando para o escritor militante a metáfora do revolucionário como homem impossível, entre o caos e a revolta[18].

Visto em sua especificidade de gênero, o que caracteriza o conto anarquista é apresentar, como mostrou Lily Litvak em sua magnífica análise do conto libertário espanhol, uma temática determinada, uma duração narrativa muito escassa e uma exposição ideológica como base. Trata-se, segundo ela, "de uma pequena peça descritiva, de núcleo narrativo muito reduzido, o bastante ape-

---

17. Vera Starkoff, "A estética de Tchernichevski", *Spartacus*, I (20): 13 dez. 1919.
18. Maria Lacerda de Moura, "A literatura rebelde", *O Internacional*, IV (76): 15 jun. 1924.

nas para localizar o leitor num cenário que lhe permita apreciar a injustiça social"[19].

Nos textos reunidos nesta antologia são comuns os flagrantes que põem em confronto na rua, no trabalho, na fábrica, o pobre e o rico, o faminto e o policial, a operária e o patrão, o burguês e o mendigo. A caracterização exterior da personagem é mínima, seu desenvolvimento psicológico, quase nenhum, e a relação entre a ação e o espaço é mediada pela motivação ideológica. Um pobre maltrapilho é preso por furto famélico, e o soldado que o detém, símbolo do arbítrio, é o motivo que desencadeia o alarme, na tentativa de recuperar a dignidade do oprimido. O ladrão que tira o sono ao burguês endinheirado é o pretexto para que o narrador parodie o grande furto e a pilhagem organizada a que se reduz a existência sob o Estado capitalista. O acidente que tira a vida do patrão é o sinal que revela ao operário a certeza de que, sem aquele, o lucro é de todos, e a produção, mais numerosa. A sedução da tecelã pelo patrão imoral é o filão inesgotável para celebrizar a desumanidade criminosa das classes dominantes.

Interessante que alguns contistas, como Sacha Volant, de *O Internacional*, por exemplo, costumavam arrematar a brevidade do relato com uma moral da história, de forte sentido ético

---

19. Lily Litvak, "Estudio preliminar", op. cit., p. 27.

(ver, por exemplo, nesta antologia o conto "Na rua"). Na mesma direção, outros contistas que fazem a crônica da miséria urbana e do cotidiano operário, como Felipe Gil, Demócrito e P. Industrial, acrescentam ao recurso da singularização deformante uma polarização caricaturesca, que tende para o cinismo, grifando o contraste até mesmo com uma certa *blague*, como no episódio dos ladrões de Curitiba, ironicamente contrapostos aos magnatas que roubam alto ("Os gatunos").

Na polarização entre o pobre e o rico prevalece, contudo, a redução arquetípica de que fala Lily Litvak: o deserdado é sempre vítima indefesa e irremediável, a menina seduzida é sempre a donzela inocente cujos atos serão desculpados. Em contrapartida, o rico, o burguês e o patrão serão sempre impiedosos, desumanos e eternos usurpadores dos direitos do próximo. Num plano mais amplo, são símbolos da oposição maniqueísta entre dois mundos, o da burguesia e o do povo. Ou como explica Litvak: o patrão que seduz a operária violenta, no limite, o próprio povo, cuja debilidade e cuja pureza vêm sugeridas no caráter indefeso que marca a mulher agredida[20].

Na presente antologia, o conjunto dos textos selecionados organiza-se a partir de certos temas-chave que foram agrupados da seguinte maneira:

---

20. Idem, p. 31.

1. projeção da utopia libertária;
2. negação do Estado e da ordem burguesa;
3. moral anarquista;
4. miséria urbana;
5. cotidiano operário.

Os episódios que remetem às *projeções da utopia libertária* são os que se desenvolvem a partir da metáfora da sociedade ideal, concebida pelos anarquistas como o caminho para a coexistência harmônica dos homens numa comunidade livre e voltada para a realização de todos com base na igualdade e na ajuda mútua. Na construção dessa nova ordem, os traços predominantes serão a integração comunitária, a inexistência de governo, a liberdade e a observância aos princípios da natureza como pressupostos do bem-estar coletivo.

Os textos que ilustram o tema nos mostram a projeção da liberdade ora na duração do tempo mítico ("A cidade das almas adormecidas", "Os parasitas"), ora no desenho alegórico da rebelião ("Fogo!"), ora no fluxo da confissão lírica ("Oração"). Comum a todos, a afirmação vitoriosa dos ideais libertários: no incêndio que consome a fábrica, o narrador celebra o fim da opressão, pensando no horizonte luminoso do porvir, que as chamas simbolicamente anunciam; no acidente que tira a vida do patrão, os operários desvencilham-se da expropriação e conduzem por si mesmos a justa distribuição dos frutos do seu trabalho; na aliança de todos os oprimidos contra o capital, a justiça acaba prevalecendo e rompe afinal com todos os obstáculos que se lhe opõem, instaurando a verdade e a razão. Permeando a sua trajetória, um forte timbre humanitário recobre a metáfora anarquista, cuja pátria sem fronteiras "vai até o coração imenso de todo o gênero humano", na expressão de Maria Lacerda de Moura.

Paralela ao tema da sociedade anárquica, desdobra-se a narrativa mais concreta e pontual dos episódios que sugerem a *negação do Estado e da ordem burguesa*. Por ela passa o argumento revolucionário do conto assinado por Felipe Gil, em 1904, no jornal *O Despertar* (PR), no qual a personificação da Plebe, do Clero e do Estado simboliza os movimentos da luta de classes afinal reprimida mediante a união da Igreja com o Estado, parodiada no texto pelos trejeitos de um desconhecido irreverente que fala pelo povo ("Comédia em um ato"). Na mesma linha segue a lição doutrinária com que o narrador José Oiticica procura advertir o velho cocheiro que encontra na rua sobre a inutilidade do aparato burocrático do Estado ("Impossível"), e também as mazelas da ordem capitalista que o cronista Lanceta utilizou para compor a sátira do Brasil legal e selvagem dos tempos da Primeira República ("Na Cretinolândia").

Ante a submissão ao Estado burguês, os anarquistas respondiam com outras formas de disciplina, que iam do respeito aos princípios naturais à retidão da conduta moral, de que jamais abriram mão como regra básica para a convivência humana. Isso explica o seu combate sem trégua tanto aos símbolos oficiais de comemoração cívica (a pátria, a bandeira, as instituições etc.) quanto aos próprios valores que eles representavam. Dos pequenos flagrantes que colhem na rua a rebeldia contra os rituais do poder dominante ("Placas fotográficas, 2") à dramatização da inutilidade do governo ("O desertor"), o plano discursivo desses relatos tende para o recorte panfletário que enumera os malefícios da ordem instituída, denunciando a desigualdade social, a abertura das riquezas nacionais ao capital estrangeiro, o agravamento da dívida externa sem o consentimento do povo ("Maluquices") e a violência organizada com que os grupos dirigentes eliminavam os seus opositores ("A nossa expulsão").

Outros relatos, de figuração mais abstrata e andamento pedagógico, exercitam o leitor militante na *moral anarquista*. Entram aqui pequenas histórias exemplares, meditações sobre o significado da natureza humana, apólogos e fábulas repletos de receitas doutrinárias envolvendo aspectos fundamentais do puritanismo libertário. Aí se localiza, por exemplo, a desmistificação do dinheiro e da cobiça material como coisas incompatíveis com a função solidária do ser humano ("Um conto extraordinário"). Ainda nesse plano estão os episódios que põem em cena o perfil da ideologia da consolação, que transforma os miseráveis em motivo para a fraude piedosa ("A esmola", "Um conto que parece uma verdade"), bem como as narrativas que ora procuram conscientizar os homens de suas falhas morais e de sua força libertária ("A lição do abutre", "Os dois burros"), ora se voltam para a celebração estética da energia revolucionária que não se rende à lógica da razão dominante ("O espantalho da loucura")[21].

Como contraponto dessa profissão de fé nos ideais libertários, reúnem-se as narrativas que

---

21. Nos temas do antimilitarismo e do anticlericalismo, dois princípios centrais da moral anarquista, as situações narrativas são várias, cabendo assinalar que servirão de lema a muitas das publicações que acabarão depois celebrizadas, como é o caso, entre outras, do jornal anticlerical *A Lanterna* (SP). É comum em tais situações a caracterização do soldado como o homem-máquina que a pátria transforma solenemente em vítima fatal (Anselmo Lorenzo, "Os homens máquinas", *O Baluarte*, Rio de Janeiro, II (16): 15 jan. 1908), ou ainda em algoz impiedoso da classe operária, que luta muitas vezes para transformá-lo em aliado (Matilde Magrassi, "A espera", *Novo Rumo*, I (11): 27 jun. 1906). A variação é ainda maior nos contos de temática anticristã, que vão desde o combate sistemático a Deus, aos santos e às autoridades eclesiásticas, até a transformação do Cristo num aliado revolucionário dos libertários (Sphinge, "O Cristo moderno", *O Congresso*, Rio de Janeiro, III (56): 1º jun. 1907).

tratam da degradação do homem nas grandes cidades, em que o capital se expandia à custa dos deserdados. O tema da *miséria urbana*, nos relatos anarquistas, ganha a modernidade do flagrante que retrata o lado escuro da metrópole sob o desvairismo da *Belle-Époque*, num tempo em que o Brasil se civilizava. Em cenas rápidas, passam imagens volantes do *flâneur* que testemunha a caça aos miseráveis em meio ao curso acelerado do progresso, que vai erguendo arranha-céus entre guindastes e apitos ("Placas fotográficas, 1"). Longe do quadro faustoso que se ergue nas cidades, os humildes aparecem como desterrados sem história, intrujões desfigurados que compõem o contraste das cenas noturnas, jogados na cadeia ou nos necrotérios ("Na morgue"), ou contracenando como pano de fundo da opulência ostensiva dos abastados ("Na rua", "Os gatunos")[22].

---

22. O tema da miséria urbana parece constituir uma ponte de trânsito entre a grande literatura romântica e naturalista do século XIX e a prosa libertária. São recorrentes as citações de Victor Hugo, Eugêne Sue, Ibsen, Zola, Balzac e Gorki, entre outros, na imprensa operária anarquista. A influência dessa tradição em seu enfoque da miséria repercutiu também na literatura libertária produzida no Brasil, passando aqui pela mediação de escritores como Aluísio Azevedo, Lima Barreto e João do Rio. Sobre o processo de apropriação do naturalismo, voltado para a miséria, pela literatura anarquista espanhola, há várias referências em Lily Litvak, *Musa libertária* (Barcelona, Antoni Bosch, 1981). A esse propósito, vale lembrar a interessante

O mundo dos miseráveis segue paralelo ao mundo dos trabalhadores anônimos. Os episódios que representam o *cotidiano operário* podem subdividir-se em: 1) relatos de personagens, 2) depoimentos acerca da luta proletária e 3) cenas de desfecho revolucionário em que o inimigo é destruído seja pela força coletiva dos trabalhadores, seja pela desgraça que lhe advém como punição através do peso inevitável do destino.

No primeiro caso, entram os flagrantes do trabalho nas fábricas, em que a ação fica por conta dos aduladores do patrão, dos operários espoliados, das operárias violentadas e, de modo particular, do confronto entre a penúria dos explorados e a ociosidade dos parasitas (funcionários públicos, militares, políticos), que em geral se convertem em porta-vozes da filosofia do trabalho honrado e da legitimação de seu reconhecimento social. P. Industrial ("O adulador")

---

exploração dos motivos do *bas-fond* que ocorre como uma das características dos gêneros carnavalizados da prosa: ver, por exemplo, Mikhail Bakhtin, *La poétique de Dostoievski*, Paris, Seuil, 1970.

Segundo outro autor, esse gosto particular pelo *miserabilismo*, que tanto marca a descrição naturalista, constitui, no final do século XIX, "o elemento mais comum da ideologia artística à pressão das ideias e das lutas políticas que acompanham o desenvolvimento do sindicalismo operário, dos grupos socialistas e anarquistas". Cf. Marc Le Bot, *Peinture et machinisme*, Paris, Klincksieck, 1973, p. 96.

retrata, por exemplo, o bajulador como "o judas do operariado [...] de quem nossos filhos maldirão a lembrança". E Felipe Gil ("A fábrica") conta a história da jovem Umbelina, a tecelã que se ilude pelo patrão e, depois de seduzida, acaba repudiada e posta na rua.

No segundo caso, estão os contos em que participa o verdadeiro trabalhador anarquista, disposto a resistir, a participar da luta operária através de um compromisso com o ideário ácrata. Assim é que Everardo Dias ("As reivindicações da canalha") procura sacudir o ânimo dos trabalhadores, em tom discursivo e professoral, chamando atenção para o aviltamento crescente de que eram vítimas nas mãos do capital: "O teu destino há de ser o aniquilamento completo [...] Tens que ser a eterna besta de carga, a alimária da nora, a girar, a girar de manhã à noite, em passo tardo e igual até não poder mais." Entra também aí o relato do chapeleiro anônimo ("Um sonho") que, voltado para o cotidiano fabril, vislumbra a redenção da classe operária[23].

---

23. Vale a pena lembrar que muitos militantes abriram colunas permanentes nos jornais, caso, por exemplo, de "Quadros sociais", de Santos Cruz, "Lérias e tretas", de Moxila, no jornal *O Cosmopolita* (1915-1918), e da seção "Entre operários", assinada por Anco Márcio no jornal *Aurora Social*, Pernambuco, por volta de 1901-1902. De forma ficcional e por vezes carregando para o panfleto, muitos foram os relatos sobre a apropriação do trabalho operário, com destaque para Florentino de

No terceiro caso, um bom exemplo é o episódio de "Vitória da fome", de Pausílipo da Fonseca, cujo poder de evocação do sentido unificador da greve pode ser comparado ao conto anônimo "Fogo!", em que a imagem final da libertação da classe trabalhadora se condensa na destruição alegórica da fábrica. Na narrativa de Pausílipo, nem a ferocidade da repressão nem a influência burocrática dos patrões conseguem deter a união dos operários em torno de seus direitos e da esperança de chegar um dia à emancipação definitiva.

Do ponto de vista de sua estrutura, todos esses relatos atualizam modelos narrativos redundantes a partir de marcas e gestos típicos das personagens, que, em geral, se movem linearmente ao longo da trama. O recurso aos estereótipos como forma de identificar os inimigos do povo conduz o conto a uma redução crítica da sociedade, em que se esquematizam as transformações projetadas contra o universo da ordem burguesa[24].

Sem alterações de percurso dramático (a direção do argumento impõe-se desde o início), a

---

Carvalho, "O banquete dos chacais" (*Guerra Sociale*, III (55): 11 ago. 1917); J. Romero, "As operárias" (*Novo Rumo*, I (14): 19 set. 1906); e Manoel Tatto, "O pior inimigo" (*O Congresso*, I (10): 2 set. 1905). Outros textos provinham de matriz internacional, caso, por exemplo, de Paul Lafargue, "A oficina é pior do que a prisão" (*O Baluarte*, I (7): 14 jul. 1907).

24. A respeito dos estereótipos, ver Lily Litvak, *El cuento anarquista*, cit., p. 42.

transparência da trama vai a reboque da atmosfera emotiva que impregna o conto, sempre voltado para a persuasão do leitor na elevação moral dos princípios que defende. Nesse sentido, todos os sinais retóricos ganham importância: a exclamação, a apóstrofe, a ilustração icônica etc.

Como lembra Lily Litvak, diante de uma enunciação dessa natureza, eliminam-se a ambiguidade e a complexidade dos motivos, o que repercute, do ponto de vista estrutural, na diluição do tempo e do espaço necessários para o tratamento da psicologia das personagens e da motivação dos comportamentos com que se apresentam na fábula. Daí que sua caracterização seja sempre exterior e sumária, e assim mesmo dependente de um enunciado de ordem moral, ou de um "simbolismo do retrato como descrição física da alma"[25].

Na verdade, a entrada para esse universo ficcional está cheia de armadilhas: vozes da mitologia que advertem os poderosos, animais que dão exemplos aos oprimidos na melhor tradição de Arsuaga e Margall ("Os dois burros", "A lição do abutre"), entidades e personificações alegóricas que punem os injustos e levam multidões à rebeldia. No plano geral da fabulação, está presente o procedimento enfático que procura dar dignidade ao discurso dos deserdados, querendo

---

25. Id., ibid.

fazer notar que eles também sabem dispor com habilidade da linguagem literária, buscando convertê-la em instrumento da própria emancipação.

Assim, os contos anarquistas que o leitor tem agora diante de si fazem contraponto aos cânones estéticos da grande literatura. A rigor, sua definição literária na categoria do *conto* torna-se problemática, já que aqui assumem formas variadas e instáveis, aproximando-se às vezes da crônica, às vezes do discurso político, embora permanecendo numa fronteira híbrida capaz de distingui-los enquanto narrativas de curta duração.

De todo modo, essa constitui uma amostra representativa da literatura anarquista efetivamente escrita no Brasil. Recuperando-a para uma leitura contemporânea, haverá possibilidade, ao menos, de se defrontar com uma produção cultural expressiva e, em grande parte, ainda desconhecida. Resgatá-la de seu esquecimento histórico talvez se revele, então, um exercício proveitoso para além de todo deleite: é quando rastros, até aqui inertes e perdidos no passado, readquirem vida e sentido, não só em si mesmos, mas iluminando igualmente as relações com materiais já consagrados pela história literária.

Antonio Arnoni Prado
Francisco Foot Hardman

Referências bibliográficas

ANDERSON, Benedict. *Under Three Flags: Anarchism and Anticolonial Imagination*. Londres, Verso, 2005.

BAETA, Claudia Feierabend. *Anarquismo em verso e prosa – literatura e propaganda na imprensa libertária em São Paulo*. Dissertação de mestrado. Campinas, Instituto de Estudos da Linguagem, Unicamp, 1999.

———. *Pensiero e dinamite: anarquismo e repressão em São Paulo nos anos 1890*. Campinas, Instituto de Filosofia e Ciências Humanas, Unicamp, 2006.

BROCA, Brito. *A vida literária no Brasil – 1900*. Rio de Janeiro, José Olympio, 3ª ed., 1975.

CANDIDO, Antonio. *Teresina etc*. Rio de Janeiro, Paz e Terra, 1980.

CARONE, Edgard. *Movimento operário no Brasil (1877--1944)*. São Paulo, Difel, 1979.

CARVALHO, Elysio de. *As modernas correntes estéticas na literatura brasileira*. Rio de Janeiro, H. Garnier, 1907.

FAUSTO, Boris. *Trabalho urbano e conflito social (1890-1920)*. São Paulo, Difel, 1976.

FELICI, Isabelle. *Les italiens dans le mouvement anarchiste au Brésil, 1890-1920*. Paris, Université de la Sorbonne Nouvelle (Études Italiènnes), 1994.

FRIEIRO, Eduardo. *O romancista Avelino Fóscolo*. Belo Horizonte, Publicações da Secretaria da Educação de Minas Gerais, 1960.

GORDON, Eric. *Anarchism in Brazil: Theory and Practices, 1890-1920*. Nova Orleans, Tulane University, 1978 (ph.D., mimeo.).

HARDMAN, Francisco Foot. "Classes subalternas e cultura (São Paulo, 1889-1922)", in *Ordem/Desordem* (7), 1977: 36-58 (Belo Horizonte, Faculdade de Comunicação da Universidade Católica de Minas Gerais).

———. *Nem pátria, nem patrão! Vida operária e cultura anarquista no Brasil*. São Paulo, Brasiliense, 1983; 3ª ed. rev. e ampl. São Paulo, Unesp, 2002.

———. "Palavra de ouro, cidade de palha", in SCHWARZ, Roberto (org.). *Os pobres na literatura brasileira*. São Paulo, Brasiliense, 1983, pp. 79-87.

——— & LEONARDI, Victor. *História da indústria e do trabalho no Brasil: das origens aos anos vinte*. São Paulo, Global, 1982.

LEITE, Miriam L. Moreira. *Outra face do feminismo: Maria Lacerda de Moura*. São Paulo, Ática, 1984.

LIMA BARRETO. *Impressões de leitura*. São Paulo, Brasiliense, 1956.

LITVAK, Lily. *El cuento anarquista – antología (1880- -1911)*. Madri, Taurus, 1982.

———. *Musa libertaria: arte, literatura y vida cultural del anarquismo español (1880-1913)*. Barcelona, Antoni Bosch, 1981.

———. "Arte anarquista catalán de fines del siglo XIX". Austin, Universidade do Texas, 1984, mimeo.

LUCAS, Fábio. *O caráter social da literatura brasileira*. Rio de Janeiro, Paz e Terra, 1970.

LUZ, Fábio. *A paisagem (no conto, na novela, no romance)*. São Paulo, Monteiro Lobato, 1922.

MARTINS, Wilson. *História da inteligência brasileira*. São Paulo, Cultrix/Edusp, vols. IV, V e VI, 1978.

MIGUEL-PEREIRA, Lúcia. *Prosa de ficção – de 1870 a 1920*. Rio de Janeiro, José Olympio/INL-MEC, 3ª ed., 1973.

MINGUZZI, Armando V. (org.). *Martín Fierro – Revista Popular Ilustrada de Crítica y Arte (1904-1905)*. Buenos Aires, Academia Argentina de Letras, 2007.

MORETTI, Franco. "The Slaughterhouse of Literature", in *Modern Language Quarterly*, primavera 2000.

NASCIMENTO, Rogério Humberto Zeferino. *Florentino de Carvalho: pensamento social de um anarquista*. Rio de Janeiro, Achiamé, 2000.

OITICICA, José. "Da novela, do conto e da fábula", in *Curso de literatura*. Rio de Janeiro, Germinal, 1960.

PINHEIRO, Paulo Sérgio & HALL, Michael M. *A classe operária no Brasil, 1889-1930: documentos*. São Paulo, Alfa-Ômega, vol. I, 1979; Brasiliense/Funcamp, vol. II, 1981.

PRADO, Antonio Arnoni. *Lima Barreto: o crítico e a crise*. Rio de Janeiro, Cátedra/INL-MEC, 1976.

―――. "Os marginais dos anos 20", in *Suplemento Literário Minas Gerais*, n.º 873. Belo Horizonte, 25 jun. 1983.

―――. "Mutilados da *Belle-Époque* – Notas sobre as reportagens de João do Rio", in SCHWARZ, Roberto (org.). *Os pobres na literatura brasileira*. São Paulo, Brasiliense, 1983, pp. 68-72.

―――. *1922: itinerário de uma falsa vanguarda*. São Paulo, Brasiliense, 1983.

―――. "Prosa anarquista". *Novos Estudos Cebrap*, n.º 10. São Paulo, out. 1984, pp. 68-73.

――― (org.). "Libertários e militantes: arte, memória e cultura anarquista", in *Revista Remate de Males* (5). Campinas, Departamento de Teoria Literária, Unicamp, fevereiro de 1985.

―――. *Libertários do Brasil (lutas, memória, cultura)*. São Paulo, Brasiliense, 1987.

PRADO, Antonio Arnoni. *Trincheira, palco e letras*. São Paulo, Cosac Naify, 2004.

RAGO, Margareth. *Entre a história e a liberdade: Luce Fabbri e o anarquismo contemporâneo*. São Paulo, Unesp, 2001.

RESZLER, André. *La estética anarquista*. México, Fondo de Cultura Económica, 1974.

RODRIGUES, Edgar. *Nacionalismo e cultura social (1913-1922)*. Rio de Janeiro, Laemmert, 1972.

———. *Socialismo: uma visão alfabética*. Rio de Janeiro, Porta Aberta, s.d.

ROMANI, Carlo. *Oreste Ristori: uma aventura anarquista*. São Paulo, Annablume/Fapesp, 2002.

SANT'ANA, Moacir Medeiros de. *Elysio de Carvalho: um militante do anarquismo*. Maceió, Arquivo Público de Alagoas, 1982.

SANTOS, Luciana Eliza dos. *A trajetória anarquista do educador João Penteado: leituras sobre educação, cultura e sociedade*. São Paulo, Faculdade de Educação/USP, 2009.

VARGAS, Maria Thereza (coord.). *Teatro operário na cidade de São Paulo*. São Paulo, Secretaria Municipal de Cultura, Departamento de Informação e Documentação Artística, Centro de Pesquisa de Arte Brasileira, 1980.

——— (org.). *Antologia do teatro anarquista*. São Paulo, WMF Martins Fontes, 2009 (Col. Contistas e Cronistas do Brasil).

VERÍSSIMO, José. *Estudos de literatura brasileira*. Rio de Janeiro, H. Garnier, vols. V e VI, 1905-1907.

CRONOLOGIA

1892. *Contexto cultural*
– Publicação, em São Paulo, do número único *Primo Maggio*, por iniciativa dos italianos Antonio Motta, Francesco Nassò, Ricci. B. Alpinolo e Achille de Santis.
– Fundação do jornal *Gli Schiavi Bianchi*, por Galileo Botti, em São Paulo.

Movimento social e político
– Atentados de Ravachol em Paris.

1893. *Contexto cultural*
– Início da publicação do jornal *L'Asino Umano*, por Giuseppe Zonghetti, em São Paulo.

Movimento social e político
– Atentado do anarquista Auguste Vaillant contra a Câmara dos Deputados francesa.
– Início da promulgação das chamadas Leis Celeradas francesas contra os anarquistas.

- Promulgação, no Brasil, devido à Revolta da Armada, dos Decretos n? 1.565, que regulou a liberdade de imprensa durante o Estado de Sítio, e n? 1.566, que tratou da entrada e da expulsão de estrangeiros no território nacional.
- Fundação do Centro Socialista Internacional, com sede na Rua São José (hoje Líbero Badaró), em São Paulo.

1894. *Contexto cultural*
- Publicação, em São Paulo, do único número do periódico *La Bestia Umana*, a cargo de Felice Vezzani, para substituir *L'Asino Umano*.
- Início, também em São Paulo, da publicação do jornal *L'Avvenire*, sob responsabilidade de Alfredo Casini.

Movimento social e político
- Execução de Auguste Vaillant.
- Atentado do anarquista Émile Henry contra o café Terminus, em Paris.
- Atentado do anarquista italiano Paolo Lega contra o primeiro-ministro Francesco Crispi.
- Morte do presidente francês Sadi Carnot, apunhalado pelo anarquista Sante Geronimo Caserio.
- Promulgação de leis antianarquistas na Espanha, Bélgica e Itália.

1896. *Contexto cultural*
- Vêm a lume dois números do jornal *L'Operaio*, fundado por Augusto Donati, em São Paulo.
- Galileo Botti publica, em São Paulo, o número único *La Questione Africana*, condenando a presença militar italiana na Abissínia (Etiópia).

1897. *Contexto cultural*
- Galileo Botti publica *La Birichina* em São Paulo.
- Publicação dos números únicos *XX Setembre* e *Ribattiamo il Chiodo*, resultado da colaboração de socialistas e anarquistas atuantes em São Paulo.
- Fundação do periódico *O Socialista* em São Paulo, com a participação de socialistas e anarquistas.

Movimento social e político
- Morte do primeiro-ministro espanhol Canovas de Castillo, depois do atentado do anarquista italiano Michele Angiolillo.

1898. *Contexto cultural*
- Em Curitiba, surge o periódico *Il Diritto*, com a colaboração de Egizio Cini, Gigi Damiani, Francisco de Beneditis e J. Mori, entre outros.
- Alfredo Mari funda o semanário comunista-anárquico *Il Risveglio* em São Paulo.

- O periódico paulistano *A Noite*, então sob responsabilidade de Benjamim Mota, muda sua linha editorial e declara-se anarquista.
- Benjamim Mota funda em São Paulo o periódico *O Libertário*.

Movimento social e político
- Atentado fatal do anarquista italiano Luigi Lucheni contra a imperatriz Elisabeth I, da Áustria.
- Conferência Internacional Antianarquista, em Roma.
- Morte do anarquista Polinice Mattei durante uma manifestação contrária aos festejos pela unificação italiana, em São Paulo.

1899. *Contexto cultural*
- Pausílipo da Fonseca lança a novela *Mártir de fé*.
- Benjamim Mota publica a obra *Rebeldias*.
- Mota Assunção publica no Rio de Janeiro o jornal *O Protesto*.

1900. *Contexto cultural*
- Morte de Friedrich Nietzsche.
- Morte de Oscar Wilde.
- Aparece no Brasil a tradução da obra de Elisée Reclus *Estados Unidos no Brasil (geografia, etnografia, estatística)*.

- Mota Assunção edita no Rio de Janeiro o jornal *O Golpe*.
- Em Ribeirão Preto, vem a lume *La Canaglia*, jornal dirigido por Isidoro Bolozzan e com a colaboração de Colombo Bertoni, Gigi Damiani, Pietro Fabbri e outros.
- Surge em São Paulo o semanário *Avanti!*, dirigido por Alceste de Ambrys.
- Publicação do "semanário socialista revolucionário" *O Grito do Povo* na capital paulista.
- Tobia Boni funda, também em São Paulo, o jornal *Palestra Social*.

Movimento social e político
- Reúne-se em Paris o I Congresso Anarquista.
- Atentado do anarquista italiano Gaetano Bresci contra o rei Umberto I, da Itália.

1901. *Contexto cultural*
- Francisco Ferrer inaugura na Espanha a Escola Moderna.
- Elysio de Carvalho publica no Rio de Janeiro o manifesto naturista *Delenda Carthago*.
- O número único *Un Anniversario. Rivendicazione* é publicado em Belém do Pará pelo anarquista italiano Guglielmo Marrocco.
- João Ezequiel lança em Recife o jornal *Aurora Social*.

- Surge em São Paulo o jornal *A Lanterna*, fundado por Benjamim Mota.
- Vem a lume o "órgão socialista anárquico" *Germinal* em São Paulo.
- Também em São Paulo é publicado *La Terza Roma*, número único sob responsabilidade de Gigi Damiani, Augusto Donati e Ezzechiello Simoni.

Movimento social e político
- Atentado do suposto anarquista Leon Czolgozs contra o presidente dos Estados Unidos, William Mckinley.

1902. *Contexto cultural*
- Morre em Paris o escritor Émile Zola.
- Euclides da Cunha publica *Os sertões*, e Graça Aranha, *Canaã*.
- Avelino Fóscolo publica a novela *O caboclo* em Belo Horizonte.
- Fábio Luz edita no Rio de Janeiro o livro *Novelas*.
- Gigi Damiani lança o livro de versos *Liriche anarchiche*.
- Aparece em São Paulo o jornal quinzenal anarquista *O Amigo do Povo*, dirigido por Neno Vasco.

Movimento social e político
- Promulgação da Ley de Residencia, na Argentina, regulando a expulsão de estrangeiros.

— Realização, em São Paulo, do II Congresso Socialista, com o lançamento de um manifesto.

1903. *Contexto cultural*
— Pereira da Silva publica em Curitiba *Vae soli!* (poesia).
— Avelino Fóscolo publica as novelas *O mestiço* e *A capital*.
— Fábio Luz lança no Rio de Janeiro o romance *Ideólogo*.
— Elysio de Carvalho lança no Rio de Janeiro o jornal *A Greve*.
— Everardo Dias começa a editar em São Paulo o jornal *O Livre Pensador*.
— Vêm a lume, em São Paulo, os números únicos *La Voz Del Destierro*, sob responsabilidade de Neno Vasco, e *La Rivolta*, substituindo o *Germinal* e publicado por Duilio Bernardoni, Alessandro Cerchiai, Alberto Sandri e outros.
— Giulio Sorelli, Luigi Magrassi, Alessandro Cerchiai, Matilde Magrassi e Benjamim Mota publicam o periódico *La Nuova Gente* em São Paulo, com direção de Alberto Sandri.
— Fase diária do jornal *A Lanterna*, na fusão com os periódicos anticlericais *L'Asino* e *O Livre Pensador*.

Movimento social e político
— Greves generalizadas no Rio de Janeiro.

1904. *Contexto cultural*
— Jean Grave escreve a peça *Responsabilidade*.
— Inaugura-se no Rio de Janeiro a Universidade Popular de Ensino Livre, projeto que dura poucos meses.
— Aparece no Rio de Janeiro o romance *Regeneração*, de Curvello de Mendonça.
— Domingos Ribeiro Filho publica a novela *Sê feliz*.
— Imigrantes italianos fundam no Paraná o jornal *O Despertar*.
— A Liga das Artes Gráficas e do Proletariado em Geral começa a publicar o jornal libertário *Emancipação* no Rio de Janeiro.
— Aparece também no Rio de Janeiro a revista libertária de propaganda *Kultur*, de Elysio de Carvalho, Mota Assunção, Erasmo Vieira e Mas y Pi.
— Manoel Moscoso e Neno Vasco lançam no Rio de Janeiro o jornal anarquista *O Libertário*.
— Oreste Ristori, Gigi Damiani e Alessandro Cerchiai publicam em São Paulo o semanário *La Battaglia*.

Movimento social e político
— Aparece em Barcelona a organização anarcossindicalista *Solidaridad Obrera*.

– Pausílipo da Fonseca funda no Rio de Janeiro o Partido Operário Independente.

1905. *Contexto cultural*
– Elisée Reclus morre em Bruxelas.
– G. Pellegrini di Daniele escreve *Ne L'Imperio delle Merde... (sonetti inodori)*.
– Sebástian Faure inicia em Rambonillet a experiência com as escolas livres La Ruche.
– Rocha Pombo publica o romance *No hospício* (RJ).
– Luigi Magrassi funda no Rio de Janeiro o jornal *Novo Rumo*, em homenagem às vítimas da matança de Chicago.
– Edgard Leuenroth e Neno Vasco lançam em São Paulo o jornal libertário *A Terra Livre*.
– Alessandro Cerchiai, Francesco de Paola e Ateo D'Alba publicam em São Paulo o número único *L'Azione Anarchica*.
– Começa a circular em São Paulo o semanário *Il Pungolo*.

Movimento social e político
– Primeira revolução proletária na Rússia.

1906. *Contexto cultural*
– Morre o dramaturgo Henri lbsen.
– Carta de Kropotkin a Edgard Leuenroth e Neno Vasco, agradecendo à direção do jornal *A Terra Livre* (SP) o envio de

dinheiro aos revolucionários russos de 1905.
- Fábio Luz publica no Rio de Janeiro a novela *Os emancipados*.
- Mota Assunção encena no Rio de Janeiro o drama social em cinco atos *O infanticídio*, que inaugura o Grupo Dramático de Teatro Social do Rio de Janeiro.
- Publica-se em São Paulo o periódico quinzenal *Il Libertário*, com a colaboração de Giulio Sorelli, Francesco de Paola, Gigi Damiani e Filodemi.
- Surge o jornal *La Lotta Proletaria*, mantido pela União dos Sindicatos de São Paulo.

Movimento social e político
- Reúne-se no Rio de Janeiro o I Congresso Operário, que lança as bases da Confederação Operária Brasileira.
- Greve dos Ferroviários da Paulista, em São Paulo.

1907. *Contexto cultural*
- Elysio de Carvalho publica *As modernas correntes estéticas na literatura brasileira* (RJ).
- Domingos Ribeiro Filho publica o romance *O cravo vermelho* (RJ).
- Funda-se o Grupo Filodramático Libertário em São Paulo.

- Aparece o Grupo Filodramático de Curitiba.
- Aparece em Taboleiro Grande (MG) o jornal *A Nova Era*, dirigido por Avelino Fóscolo.
- Sarmento Marques lança no Rio de Janeiro *O Baluarte*, jornal editado pela Associação de Classe dos Chapeleiros.

Movimento social e político
- Reúne-se em Amsterdam o II Congresso Anarquista.
- Promulgação, no Brasil, do Decreto n.º 1.641, de expulsão de estrangeiros do território nacional.
- Surge o Círculo Socialista Internacional de São Paulo.
- Eclode greve geral em São Paulo, pela jornada de trabalho de oito horas.

1908. *Contexto cultural*
- Surge em Santos o Grupo de Teatro Amador e Arte.
- Manoel Moscoso e José Romero editam no Rio de Janeiro *A Voz do Trabalhador*.
- Mota Assunção lança o jornal antimilitarista *Não Matarás*, no Rio de Janeiro.
- Edgard Leuenroth publica em São Paulo o semanário *Folha do Povo*.

Movimento social e político
- Reúne-se em São Paulo o II Congresso Operário Estadual.

– Organiza-se a Federação Operária de São Paulo.

1909. *Contexto cultural*
– Francisco Ferrer é assassinado em Montjuich (Espanha).
– É fundado no Rio de Janeiro o Grupo de Teatro Livre.
– Edgard Leuenroth começa a publicar em São Paulo a segunda fase do jornal *A Lanterna*.
– *Il Ribelle*, folha quinzenal libertária, vem a lume em São Paulo sob a direção de Zeferino Oliva e redigido por Luigi Cagnetta.

Movimento social e político
– É elaborado o Relatório Policial Italiano sobre as atividades dos anarquistas no Brasil.

1910. *Contexto cultural*
– Morre Leon Tolstói.
– Morre no Brasil o anarquista e esperantista francês Paul Berthelot.
– Fábio Luz publica as novelas *Virgem mãe*, *Sérgio* e *Chloé* (RJ).
– Maurício de Medeiros publica *O ensino racionalista*.

1911. *Contexto cultural*
– Pietro Gori morre em Portoferraio, Itália.
– Herbert Read converte-se ao anarquismo.

- Cornélio Pires lança o poemeto *O monturo*.
- Rocha Pombo publica *Contos e pontos* (RJ).
- José Oiticica escreve os *Sonetos* (1ª Série, RJ).
- Domingos Ribeiro Filho publica *Vãs torturas* (novela, RJ).
- Pausílipo da Fonseca publica em folhetins, pelo *Correio da Manhã*, *A vitória da fome* (novela, RJ).

Movimento social e político
- Suicídio de Paul e Laura Lafargue.

1912. *Contexto cultural*
- Aparecem as *Obras* de Pietro Gori (Spezia, Itália).
- José Oiticica converte-se ao anarquismo pelas mãos de Elói Pontes e Elysio de Carvalho.
- Pedro do Couto lança o livro *Caras e caretas* (RJ).
- Florentino de Carvalho inaugura a Escola Moderna do Brás, em São Paulo.
- Gigi Damiani e Alessandro Cerchiai assumem a direção de *La Battaglia* e o renomeiam *La Barricata*, que continua a circular em São Paulo.

Movimento social e político
- Termina a construção da ferrovia Madeira-Mamoré, que reuniu cerca de

30 mil trabalhadores, dos quais 6 mil pereceram.
— Eclode a greve dos colonos em Ribeirão Preto.

1913. *Contexto cultural*
— Publica-se *Da porta da Europa: fatos e ideias*, de Neno Vasco (Portugal).
— Lima Barreto adere ao anarquismo em artigo publicado no jornal *A Voz do Trabalhador* (RJ).
— Pausílipo da Fonseca publica *Festas à infância* (RJ).
— Avelino Fóscolo começa a publicar em *A Lanterna* o romance *No circo*, em folhetins.
— Funda-se em Porto Alegre a Escola Eliseu Reclus.
— Fundam-se em São Paulo, no Brás e no Belenzinho, as Escolas Modernas n.º I e n.º II, sob a direção de João Penteado e Adelino Pinho.
— Aparece em São Paulo o Grupo Dramático Máximo Gorki.
— Alessandro Cerchiai publica *La Propaganda Libertaria* em São Paulo, com a colaboração de Gigi Damiani, Angelo Bandoni, Rotea Clava e Martino Stanga, entre outros.
— Começa a circular em São Paulo o semanário anarquista *Germinal*, fundado por Florentino de Carvalho.

Movimento social e político
- Reúne-se no Rio de Janeiro o II Congresso Operário Brasileiro.
- Funda-se o Centro Cosmopolita do Rio de Janeiro.
- Cria-se a Federação Operária do Rio de Janeiro.
- Organiza-se a Federação Operária de Santos.
- Eclodem greves operárias em São Paulo.

1914. *Contexto cultural*
- Morre Anselmo Lorenzo, anarquista espanhol.
- Inaugura-se no Rio de Janeiro o Grupo de Teatro Social Primeiro de Maio.
- A Associação dos Operários Sapateiros organiza no Rio de Janeiro o Grupo Dramático de Teatro Livre.
- Os operários da construção civil fundam a Escola Moderna de Pernambuco.
- José Oiticica funda no Rio de Janeiro a revista *A Vida*, com Francisco Viotti.
- Gigi Damiani publica, em São Paulo, o número único *Pro-Vittime Politiche D'Italia*.
- Florentino de Carvalho dirige em São Paulo o jornal *A Rebelião*.

Movimento social e político
- Eclode a Primeira Guerra Mundial.
- Desagrega-se a Segunda Internacional e aprofunda-se a crise da socialdemocracia.

1915. *Contexto cultural*
- Fábio Luz publica *Elias Barrão* e *Xica Maria* (novelas, RJ).
- José Oiticica escreve *Ode ao sol* (poesia, RJ).
- Angelo Bandoni lança em São Paulo o jornal anarquista *Guerra Sociale*.
- O periódico anarquista *Guerra Sociale* passa a circular em São Paulo com a colaboração de Angelo Bandoni, Gigi Damiani, Alessandro Cerchiai, Martino Stanga e Florentino de Carvalho, entre outros.

Movimento social e político
- Reúne-se no Rio de Janeiro o Congresso Internacional da Paz, sob a égide do movimento anarquista.

1916. *Contexto cultural*
- Morre James Guillaume, que iniciara Kropotkin no anarquismo.
- Suicida-se em São Paulo o poeta anarquista Ricardo Gonçalves.

1917. *Contexto cultural*
- Aparece o opúsculo satírico *Galabáro*, de Juó Bananére e A. Paes.
- Astrojildo Pereira e Adolfo Porto lançam no Rio de Janeiro a revista de combate e propaganda libertária *O Debate*.
- Edgard Leuenroth funda em São Paulo o jornal *A Plebe*.

Movimento social e político
— Explode a Revolução de Outubro na Rússia.
— O guerrilheiro anarquista camponês Makhnó organiza na Ucrânia o Exército Internacional Revolucionário.
— Eclode a greve geral em São Paulo.

1918. *Contexto cultural*
— Lima Barreto publica no Rio de Janeiro um elogio a Vera Zassúlitch.
— Aparece em Maceió a Congregação Libertadora da Terra e do Homem, fundada por operários, intelectuais e comerciários, e mantenedora do jornal *O Povo*.
— Astrojildo Pereira lança no Rio de Janeiro o semanário anarquista *Crônica Subversiva*.
— Começa a circular em São Paulo o jornal mensário *O Chapeleiro*, dirigido por Sarmento Marques.

Movimento social e político
— Revolução operária na Alemanha (derrotada).
— Fim da Primeira Guerra Mundial.
— Eclode no Rio de Janeiro a greve geral revolucionária de 18 de novembro, decretada pela Federação Operária Brasileira.
— José Oiticica é delatado pelo tenente Jorge Elias Ajus e desterrado para Alagoas.

1919. *Contexto cultural*
- Surge o Grupo Comunista Zumbi.
- Fechamento das Escolas Modernas do Brás e do Belenzinho pela polícia.
- José Oiticica funda no Rio de Janeiro a Liga Anticlerical.
- Saturnino de Brito publica a peça *Entre neblinas* (RJ).
- José Oiticica publica *Sonetos* (2ª Série) e o livro *Princípios e fins do programa comunista-anarquista*.
- Domingos Ribeiro Filho escreve a novela *Miserere*.
- Octavio Brandão lança *Despertar: verbo de combate e energia*.
- José Oiticica e Astrojildo Pereira começam a publicar em São Paulo o jornal anarquista *Spartacus*.
- *Alba Rossa*, semanário anarquista, fundado por Oreste Ristori em São Paulo, circula em São Paulo com artigos de Angelo Bandoni, Silvio Antonelli, E. Ferreira e Francesco Scudellario, entre outros.

Movimento social e político
- Revolução operária na Hungria (derrotada).
- Surge a Terceira Internacional, de tendência comunista.
- Assassinato de Rosa Luxemburgo.
- Eclode em São Paulo a greve de maio, que retoma as plataformas de 1917.

1920. *Contexto cultural*
- Começa suas atividades no Rio de Janeiro o Grupo de Teatro Germinal, dos operários alfaiates.
- Surgem no Rio de Janeiro a Orquestra dos Operários em Construção Civil e a Orquestra Social Quatro de Abril.
- Em São Paulo aparece o Grupo Filodramático *Libertà*.
- Em Belém do Pará instala-se a Escola Racionalista Francisco Ferrer.
- Octavio Brandão escreve o opúsculo *Veda do mundo novo* (RJ).
- Everardo Dias publica *Memórias de um exilado – episódios de uma deportação*.
- Avelino Fóscolo lança os romances *Vulcões* e *O jubileu*.
- José Oiticica leva à cena as peças satíricas *Pedra que rola*, em 3 atos, e *Quem os salva*.
- Gigi Damiani publica na Itália *I paesi nei quali non si deve emigrare* (após sua deportação do Brasil).
- Florentino de Carvalho lança em São Paulo o jornal *A Obra*.
- Edgard Leuenroth publica em São Paulo o jornal *A Patuleia*.

Movimento social e político
- Massacre de operários anarquistas pelo general Tukhachevsky na fortaleza de Kronstadt (URSS).

1921. *Contexto cultural*
- Morre P. Kropotkin.
- Avelino Fóscolo publica a novela *A vida*, em Sete Lagoas (MG), onde funda o Clube Dramático Libertário.
- Festival de teatro com a peça *Avatar* em São Paulo, seguida de conferência de Octavio Brandão.
- A peça *Os filhos da canalha* é encenada no Salão Celso Garcia, em São Paulo.
- Festival de teatro em São Paulo com a peça *Pecado de Simonia*, de Neno Vasco.
- Começa a circular em Porto Alegre a *Revista Liberal*, dirigida por Polidoro Santos.

Movimento social e político
- Promulgados, no Brasil, o Decreto n° 4.267, uma versão mais rigorosa do Decreto n° 1.641, de expulsão de estrangeiros, e o Decreto n° 4.269, de repressão ao anarquismo.
- Aparece no Rio de Janeiro a Liga Intelectual para o Triunfo da Causa Internacional.
- Everardo Dias, Luiz Palmeira, Evaristo de Morais, Nicanor Nascimento e Antonio Correia fundam no Rio de Janeiro o Grupo Clarté.

1922. *Contexto cultural*
- Morre no Rio de Janeiro o escritor Lima Barreto.

- Semana de Arte Moderna em São Paulo.
- Fábio Luz publica em São Paulo o opúsculo *Nós e os outros* e o ensaio *A paisagem (no conto, na novela e no romance)*.
- José Oiticica publica *A trama de um grande crime*, no Rio de Janeiro.
- Maria Lacerda de Moura escreve *A fraternidade na escola*.
- Edgard Leuenroth edita em São Paulo o jornal revolucionário *A Vanguarda*.

Movimento social e político
- Mussolini desencadeia a marcha sobre Roma.
- Ricardo Flores Magón, revolucionário anarquista mexicano, é assassinado nos Estados Unidos.
- Funda-se o Partido Comunista do Brasil.
- Revolta tenentista dos 18 do Forte de Copacabana.
- Em São Paulo, manifesto anarquista rompe com os princípios da Terceira Internacional.

1923. *Contexto cultural*
- Começa a circular uma edição dos *Hinos e cantos libertários e indicador das associações operárias*, no Rio de Janeiro.
- Maria Lacerda de Moura escreve *A mulher hodierna e seu papel na sociedade*.
- No Rio de Janeiro, José Oiticica ataca os futuristas através de uma série de artigos a que chamou "Anch'io".

Movimento social e político
- Surge em Berlim a Associação Internacional dos Trabalhadores.
- Novos levantes operários na Alemanha.

1924. *Contexto cultural*
- Fábio Luz escreve a novela *Nunca!*, editada no Rio de Janeiro.
- Everardo Dias publica *Bastilhas modernas*.
- Maria Lacerda de Moura publica *A mulher é uma degenerada?*

Movimento social e político
- Morte de Lênin.
- José Oiticica é preso e confinado na ilha Rasa, onde escreve *A doutrina anarquista ao alcance de todos*.
- Revolta insurrecional dos tenentes em julho, em São Paulo.

1925. *Contexto cultural e político*
- Morre Elysio de Carvalho.
- O poeta e militante anarquista Pedro A. Mota morre no Oiapoque, para onde fora deportado; Domingos Passos é dos poucos que conseguem fugir.
- José Oiticica publica no Rio de Janeiro o jornal clandestino *5 de Julho*.

Movimento social e político
- A Coluna Prestes começa a percorrer o interior do Brasil.

- Instala-se o campo de concentração do Oiapoque na Clevelândia, que recebe todos os militantes operários acusados de subversão.
- Reúne-se no Rio de Janeiro o II Congresso do Partido Comunista do Brasil.

1926. *Contexto cultural*
- Martins Fontes lança o livro *Vulcão* (poemas, Santos).

Movimento social e político
- A reforma constitucional restringe as garantias constitucionais dos imigrantes, tornando-os facilmente passíveis de expulsão.
- Maria Lacerda de Moura encontra-se em São Paulo com Han Ryner e A. Néblind.

1927. *Contexto cultural*
- Afonso Schmidt escreve *O dragão e as virgens* (contos, SP).
- Florentino de Carvalho publica *Da escravidão à liberdade: a derrocada burguesa e o advento da igualdade social*.
- José Oiticica lança no Rio de Janeiro *Eu, príncipe*, um elogio a P. Kropotkin.

Movimento social e político
- Os militantes anarquistas Nicola Sacco e Bartolomeu Vanzetti são executados em Massachusetts (EUA).
- Organiza-se a Federação Anarquista Ibérica.

- A Coluna Prestes interna-se na Bolívia.
- Instala-se no Rio de Janeiro o Comitê Pró-Confederação Geral do Trabalho do Brasil.

1928. *Contexto cultural*
- Maria Lacerda de Moura participa em Guararema (SP) da experiência de uma comunidade agrícola libertária.

Movimento social e político
- Reúne-se o III Congresso do Partido Comunista do Brasil.
- Organiza-se em São Paulo o Bloco Operário e Camponês.

1929. *Contexto cultural*
- Começa a circular o jornal anarquista *Ação Direta*, fundado por José Oiticica (RJ).
- José Oiticica parte para a Alemanha, como professor de português da Universidade de Hamburgo.

Movimento social e político
- *Crack* da Bolsa de Valores em Nova York: crise do capitalismo internacional.
- Define-se a plataforma da Aliança Liberal.

1930. *Contexto cultural*
- Fábio Luz publica o livro *Ensaios* (RJ).

Movimento social e político
- Golpe militar derruba o governo de Washington Luís. Getúlio Vargas é empossado no Governo Provisório.

1931. *Contexto cultural*
- Lauro Palhano publica *O gororoba – cenas da vida proletária do Brasil* (RJ).

Movimento social e político
- Criados o Ministério do Trabalho e a Lei de Sindicalização pelo Estado varguista.

1932. *Contexto cultural*
- Morre Errico Malatesta.

Movimento social e político
- Movimento constitucionalista em São Paulo.

1933. *Contexto cultural*
- Patrícia Galvão publica o romance *Parque industrial* (sob o pseudônimo de Mara Lobo).

Movimento social e político
- Hitler chega ao poder na Alemanha.

1934. *Contexto cultural*
- Interrompe-se a publicação da Enciclopédia Anarquista, iniciada por Sebastien Faure.
- Fábio Luz publica *Dioramas* (ensaios literários, RJ).

1935. *Contexto cultural*
- Repressão e fuga dos libertários da comunidade agrícola de Guararema (SP).

Movimento social e político
- Levante comunista no Rio de Janeiro, Recife e Natal.

1936. *Contexto cultural*
- Morre em Moscou Máximo Gorki.
- José Oiticica encena a comédia em três atos *Pós de pirlimpimpim*.

Movimento social e político
- Morte de Boaventura Derruti e Federico Garcia Lorca na Espanha: inicia-se a guerra civil, que leva à derrota do movimento operário e à ascensão do fascismo.

1937. *Contexto cultural*
- Morre em São Paulo Martins Fontes.
- Morte de Oreste Ristori na Espanha, combatendo nas brigadas internacionais contra as tropas fascistas de Franco.
- É publicado *Fantástica* (ensaios, SP), de Martins Fontes.
- Ranulfo Prata escreve *Navios iluminados* (romance, SP).

Movimento social e político
- "Jornada sangrenta" contra os militantes anarquistas na Espanha.
- Getúlio Vargas implanta o Estado Novo.

NOTA SOBRE A PRESENTE EDIÇÃO

Há muito se reclamava a reaparição desta coletânea crítica da prosa libertária no Brasil. A primeira edição desses textos curtos de militância e doutrina, saída em 1985 e pioneira no país, esgotara-se antes do final daquela década.

Mas foi sobretudo a partir da emergência dos movimentos internacionais antiglobalização, no final da década de 1990, que se revigorou o interesse pela história do anarquismo e de suas diversas experiências no campo artístico e cultural. A historiografia social voltou a se dedicar ao tema, internacionalmente[1]. No Brasil, ao se ini-

---

1. Exemplo notável é o ensaio de Benedict Anderson, *Under Three Flags: Anarchism and the Anticolonial Imagination*, Londres, Verso, 2005. Na recuperação de fontes latino-americanas, merece menção a edição organizada por Armando V. Minguzzi do índice temático e bibliográfico do periódico libertário argentino *Martín Fierro: Revista Popular Ilustrada de Crítica y Arte (1904-1905)*, Buenos Aires, Academia Argentina de Letras, 2007, em que se publicam muitas narrativas curtas de autores traduzidos e locais.

ciar este novo século, com a institucionalização crescente de movimentos sociais como o sindicalismo, e a diluição cada vez maior de antigas vanguardas políticas, cooptadas pelo Estado, renovou-se a busca das novas gerações pelas práticas e pautas das lutas libertárias.

Dados agora a público com nova configuração, estes *Contos anarquistas: temas & textos da prosa libertária no Brasil, 1890-1935* vêm tentar responder a essa demanda, que se verifica com insistência na universidade e na sociedade.

Para organizar o presente volume, aos idealizadores da edição original, Arnoni e Foot, associou-se a pesquisadora Claudia Baeta Leal, mestre em teoria literária e doutora em história social pela Unicamp, que levantou, em sua dissertação e em sua tese, documentos pertinentes ao escopo deste trabalho. Resolveu-se, com isso, alargar a coleção dos materiais a serem incorporados para a atual edição. Às 27 narrativas anteriores acrescentam-se agora outras 13, totalizando um novo conjunto de 40 contos. Vários deles distribuíram-se pelas seções temáticas preexistentes: Projeções da Utopia Libertária; Negação do Estado e da Ordem Burguesa; Moral Anarquista; Miséria Urbana; Cotidiano Operário. Mas a ênfase no aspecto da propaganda anarquista, indissociável de sua concepção da militância político-cultural, levou-nos a abrir um novo tópico referente ao tema da Formação Militante, que acolheu quatro dos novos textos. Sua inclusão produziu nova luz sobre o conjunto, na trilha complexa que liga, no pensamento libertário, as temporalidades contraditórias do publicismo, da revolta e da utopia. Para além da ampliação dos relatos – e aqui, nesse espaço do ideário anarquista, como já se notou na primeira edição, a noção do conto deve ser alargada para fora dos limites do gênero, como para abarcar, além da narrativa curta de ficção urbana, a crônica, o diálogo exemplar, a fábula, a cena dramática, o panfleto doutrinário, a alegoria utópica –, outra inovação importante diz respeito ao período histórico considerado. Retrocedeu-se ao início da década de 1890, que marca efetivamente as primeiras atuações do movimento anarquista e anarcossindicalista no Brasil. Com isso, o rol de autores e de periódicos tratados também se ampliou. Na linha do que afirmou Franco Moretti a propósito da história do romance moderno, podemos dizer, radicalizando o argumento do autor, que, no caso desses contos ácratas, não se trata de constatar o fenômeno do desaparecimento da grande maioria de suas fontes e suportes no processo do chamado "abatedouro da literatura"[2]. Pois toda essa produção, própria de um universo sociocultural mar-

---

2. Cf. Franco Moretti, "The Slaughterhouse of Literature", in *Modern Language Quarterly*, primavera 2000.

ginalizado e excluído politicamente, já foi de início condenada ao matadouro da história literária.

Dado que sua presença, por si só, produz questões incômodas às periodizações rotineiras da modernidade literária no Brasil, decidimos, nesta edição, problematizar o recorte geográfico, incluindo algumas narrativas escritas originalmente em italiano e espanhol e aqui traduzidas. Em anexo, o leitor interessado poderá cotejá-las com os textos originais. Essa diversificação idiomática era própria da época, tanto na imprensa operária quanto nos círculos militantes e bairros fabris, em que se concentrava elevado contingente de trabalhadores imigrantes europeus. Nesse ambiente, pois, o internacionalismo não era mera palavra de ordem, mas experiência cotidiana na fala e na escrita. Ao lidar com esses materiais, portanto, obrigamo-nos a ultrapassar o conceito mais restritivo de fronteiras nacionais e linguísticas da história literária.

Por conta dessas mudanças significativas, atualizaram-se a cronologia, a bibliografia (sem pretender uma lista exaustiva) e a nota "Sobre os autores conhecidos". Vários dos escritores permaneceram, é claro, sob o anonimato de pseudônimos ou de biografias inacessíveis. Conservamos o estudo introdutório anterior, porque ele pode continuar servindo como referência crítica útil.

Interagindo intertextualmente com os gêneros e formas literárias do seu tempo, essas narrativas ressurgem como desafio à memória cultural e à história social. Ao lado do forte teatro operário, do romance moral de ambiência proletária ou de fundo rural tolstoiano e da poesia social, os contos anarquistas são talvez a modalidade de intervenção da militância libertária mais conforme ao ritmo da imprensa e às urgências da ação coletiva.

A revolução das consciências não poderia esperar. Além dos discursos e palestras nos *meetings*, entre a doutrina e a prática, havia essa confiança utópica no poder da escrita e da leitura. A seleta de textos, que aqui retornam ao convívio dos leitores, testemunha exatamente isso. E seus temas e questões continuam, depois de tanto tempo, em plena crise da economia-mundo, a revelar inquietante atualidade.

OS ORGANIZADORES

CONTOS ANARQUISTAS

FORMAÇÃO MILITANTE

O PRIMEIRO PASSO

Anônimo

Era a noite de 31 de dezembro; uma noite sublime, em que a lua cheia, com sua luz branca, iluminava o espaço.

Aurélio, depois de receber sua quinzena de oito pesos – oito dias de trabalho, entre envergonhado e furioso, por considerar-se uma máquina tão barata –, foi para sua casa, se é que podia chamar-se de casa aquele barraco apertado, desmantelado, onde, mais que habitavam, jaziam seus pobres pais, velhos, septuagenários, que nessa idade, cansados de sofrer e extenuados por mais de cinquenta anos de trabalho duro, eram coroados por uma auréola de miséria.

Aurélio chegou, cansado – mais pela exploração de que era vítima que pelo trabalho embrutecedor –, pálido de raiva, e mal os cumprimentou, sentou-se, ou melhor, deixou-se cair num baú, que num canto do quarto fazia as vezes de guarda-roupa e assento, e pôs-se a meditar sobre sua miserável vida e a daqueles dois seres que o rodeavam e que, depois de terem produzido tanto, nada possuíam.

Após um período de abatimento, sua inteligência despertou, e seu cérebro, que por tantos anos permanecera fechado a toda ideia que não representasse a superstição e a rotina, foi invadido por um tropel de ideias novas, revolucionárias.

Ele, que jamais havia participado de nenhum grupo que não fosse organizado pelo pároco; ele, que sempre se recusara a ir às conferências para as quais seus amigos o convidavam, naquela noite sentia um desejo irresistível que o torturava a ir a uma dessas reuniões que tantas vezes havia desprezado. Lembrou-se, então, que Mário, um amigo de infância, o havia convidado para assistir a uma conferência que os libertários faziam num de seus círculos e, tomando uma súbita resolução, pôs-se de pé, vestindo seu desbotado casaco; preparava-se para sair do quarto, quando sua mãe, que o observava havia algum tempo, lhe perguntou, com voz que mal se fazia ouvir: "Aurélio, o que você tem?... Por que não come?...". "Não, mãe. Deixe-me em paz. Estou cansado desta vida. Deixe-me, pois hoje um raio de luz atravessou minha mente; hoje, pela primeira vez na vida, compreendi que não temos de alimentar apenas o estômago, mas também o cérebro; então, que aquele fique em jejum para que este seja alimentado."

E, rápido como o pensamento, saiu daquele barraco, deixando seus pais surpresos, sem compreender uma palavra do que tinham ouvido. Com passos rápidos dirigiu-se para a casa de seu amigo de infância.

* * *

"Sim: uma sociedade onde não haja explorados e exploradores; onde não haja saciados e famintos; onde a luz, a ciência, seja o pão para todos; onde para todos haja o campo e a colheita; a mulher seja digna companheira do homem; a obra, voluntária; a recompensa, garantida: é o que nós, anarquistas, queremos", Aurélio repetia para si mesmo enquanto voltava para casa; era o que dissera um conferencista naquela tribuna popular onde confraternizavam o idoso com a criança, o homem com a mulher.

À medida que avançava, sentia-se mais forte, e o cansaço que antes o dominara havia desaparecido. Uma brisa fria como o fio de uma lâmina de aço açoitava seu rosto. Apressando cada vez mais o passo, chegou ao barraco onde o esperavam aqueles pobres velhos, ansiosos, temerosos, ainda sem compreender o motivo daquela saída repentina. Receberam-no com uma chuva de perguntas, às quais Aurélio respondia pacientemente.

Depois de um momento de expansão íntima, vencidos pelo sono, os pobres velhos se deitaram e, encomendando sua alma a deus numa oração, adormeceram.

Aurélio observou-os enquanto se deitavam, e não pôde reprimir um sorriso zombeteiro que brincava em seus lábios, sorriso de dúvida, ao ver o fervor com que aqueles pobres velhos enviavam uma oração a deus, pela salvação de sua alma.

Depois de se certificar de que tudo estava em ordem, deitou-se e pela primeira vez em sua vida seus lábios não se abriram para fazer uma prece. Vago e misterioso, um ideal de amor se apossara de seu cérebro. (De *La Aurora* de Montevidéu)

Palestra Social, SP, ano II, n° 5, 2 fev. 1901.

ENTRE OPERÁRIOS
(DIÁLOGO)

Guglielmo Marroco

– Então, agora que somos livres, explica-me por que, além de seres anarquista, tu és também comunista e ateu... Quero que me digas tudo: pois que, francamente, também eu começo a perceber que vós anarquistas tendes muita razão, como resulta claramente dos jornais que me deste para ler. Não posso, porém, compreender por que não se pode ser anarquista sendo-se católico ou crente em Deus... Explica-me, então, isto que tu chamas "contradição".

– Antes de tudo; fazes-me rir quando dizes: "agora que somos livres" – *Livres?* Porque o patrão da fábrica concede às bestas de carga, que somos nós, apenas poucos minutos para irmos comer um prato de *comida* no hotel? Comida é modo de dizer, pois que nem mesmo os cães deveriam comer semelhante substância composta de gêneros deteriorados, por ironia chamados alimentícios, e por remate malcozidos e condimentados com banha apócrifa, vinagre tingido com anilina e azeite fedorento; ingredientes que nos estragam o estômago e depauperam o organismo já exausto pelo excessivo trabalho... Ah! não! nós não somos livres... somos escravos ou cousa pior! Meu caro, a escravidão mudou de nome mas não de fato; e tu podes convencer-te de que és livre... de fazer-te explorar pelos patrões... ou senão – de morrer de fome.

– Tens razão, exprimi-me mal; mas, por favor, dize-me quanto te pedi, pois que desejo instruir-me nessas ideias que tu dizes hão de emancipar-nos.

– Com muito prazer procurarei dar-te alguma explicação. Deves saber que nós anarquistas somos também comunistas e ateus; isto é, não acreditamos nem em Deus do céu – nem em Deus da terra; e sim somente na nossa existência aplicada ao trabalho útil de todos os homens em benefício de todos, que é o ato mais sublime, mais social: *a solidariedade* – que posta em prática com a atuação dos verdadeiros princípios anárquicos seria a felicidade de todo o gênero humano.

Em suma, para não irmos mais longe, em governo – ou melhor, em política – somos anarquistas; em propriedade – isto é, em economia –, comunistas; em religião, ateus.

– Isto mesmo é que desejo que tu me expliques...

– É quanto vou fazer...

Somos anarquistas porque queremos que cada homem (e dizendo homem incluímos também a mulher, pois que nós queremos a igualdade para todos, homens e mulheres) pense com a sua cabeça, obre segundo a sua vontade, e que ninguém se imponha nem tampouco suporte imposições de parte do outro. Em poucas palavras: não queremos governo, porque quem diz governo diz autoridade, tirania, despotismo, exploração, etc. Assim, para explicar-me melhor, devo dizer que não combatemos o imperador A ou o rei B, ou o presidente C, ou o ministro X – mas sim combatemos o princípio da autoridade encarnado no sistema, isto é, na forma de governo; pois que, como diz um rifão: *o barril não pode dar senão o vinho que o contém*. Assim, para nós, o governo sob qualquer forma exteriorizado – seja ainda encapotado à socialista – é a "fraude"! E o princípio de autoridade é antinatural – é contra a razão, a justiça e a natureza...

Somos comunistas, porque o princípio da propriedade como hoje existe – a propriedade individual – permite a um homem explorar outro homem. Prova: tu és pobre, o teu patrão – ou melhor, o patrão da fábrica, pois que nem os cavalos nem os cães deviam ter patrão e muito menos os homens do século XX, este deslumbrante século pomposamente chamado de luz e de progresso –, o patrão da fábrica onde tu trabalhas é rico. Mas por que é rico? Porque ele, protegido pelas leis por ele mesmo feitas, se apropria do trabalho dos miseráveis que, constrangidos pela fome, se fazem explorar. Por que és pobre?... porque, não possuindo os *meios* de trabalho, não podes trabalhar livremente por tua conta ou associado com os outros trabalhadores da tua profissão, e és constrangido por isso a vender, por um miserável prato de feijão, a tua força de trabalho! E vê a contradição: tu que trabalhas e produzes és pobre; o patrão que não trabalha e não produz é rico! E depois acredita nos livros, na *Economia Política* – o evangelho burguês –, que dizem que a riqueza é fruto do trabalho!

– Sim... do trabalho alheio...

– Bravo! Assim mesmo: a riqueza é o fruto do trabalho... alheio. E é isto que nós não queremos, por isso que somos comunistas, isto é, queremos que a propriedade seja comum. Que todos trabalhem e que todos possam gozar dos produtos do trabalho comum, e que não suceda, como agora, que só uma parte da humanidade seja condenada a um trabalho forçado, enquanto uma minoria privilegiada apodrece no ócio e na abundância, quando milhões de seres sofrem todos os martírios de uma miséria sem nome.

– É verdade, é injusto, é infame tudo isso, e considero-me partidário vosso nesse ponto; não sei, porém, por que não concordais com a religião...

– Outra vez com a religião? Tu tens uma ideia fixa sobre esse ponto, e compadeço-me de ti porque o teu cérebro, se não foi completamente atrofiado pelos padres, católicos ou protestantes, não tardará muito a sê-lo, se tu continuares a frequentar as igrejas.

Posto isto, digo-te: somos ateus porque cremos que as religiões pervertem os espíritos, tornando o homem um dócil instrumento passivo neste mundo, deixando-se explorar, mandar, e dominar só porque os padres dizem que Deus criou o mundo assim, e, portanto, é crime revoltar-se contra a vontade de Deus. Resultado: suportar com resignação todos os sofrimentos neste mundo para depois de mortos... Deus nos acolher no céu! Mas tu poderias perguntar-te: quem voltou depois de morto para nos dizer que tudo isto é verdade? Entretanto, nós sofremos o inferno nesta vida, e os ricos gozam o paraíso neste vale de lágrimas vivendo no luxo e na abundância. Caro amigo, deixa de ser ingênuo até o ponto de acreditar em tolices.

– Sim, mas tu não admites que exista Deus?

– Como deveria admiti-lo, quando ele não se deixa ver? Tu és muito curioso quando falas: admitir não é provar que uma coisa existe. Mas admitindo mesmo que esse teu Deus exista: então, é ele bom ou mau? Se é bom, por que permite tantas injustiças? Se as permite, então é um Deus mau; acreditas na existência de um Deus mau? Reflete bem, meu amigo, como é absurdo tudo isto, e depois contradize-me, se tens razões. Não quero aqui entrar em particularidades para demonstrar-te o absurdo da *existência* de um Deus que só existe na mente dos insensatos e dos interessados, para que estes possam com mais facilidades explorar aqueles. Falta-me o tempo para isso, e melhor poderás fazê-lo tu mesmo, pois que te darei a ler um livrinho[1] que explica largamente este assunto. Só te digo que olhes a tua triste posição e a de tantos milhões de operários consumidos nos sofrimentos penosos do trabalho escravo e nas garras de uma miséria eterna – eles, suas famílias e seus filhinhos –, e compare-a com o fausto dos ricos; e depois dize-me se isto é justo, e se o teu Deus que fecha os olhos não é cúmplice interessado em tais iniquidades.

Em suma, por isto, nós não cremos em Deus, nem no filho, nem no espírito santo, nem na... mãe que os pariu a todos!... Compreendeste?...

– Compreendi, sim, e com muito prazer vou ler esse livro que tu me prometes para melhor

---

1. Este livrinho poderia ser *Os crimes de Deus*, de S. Faure, já traduzido em português. (Nota da Redação.)

esclarecer o meu cérebro sobre um assunto tão importante...

– Pois bem, agora não temos mais tempo para conversar porque a máquina já deu sinal para os carneiros irem deixar-se tosquiar pelo patrão. Outra vez, te explicarei o que é a anarquia, ou melhor, a sociedade futura... Até outro dia, pois.

– Até logo...

O Amigo do Povo, SP, ano I, n° 6, 21 jun. 1902.

PALESTRA

Felipe Morales

Um domingo, passeando pelo jardim, encontrei um velho amigo, que não via desde longa data. Cumprimentamo-nos, e, como eu levasse na mão um periódico operário, entabulou-se entre nós um diálogo interessante:
– Homem! Fizeste-te anarquista?
– Por que perguntas isso?
– Como levas a *Protesta Humana*...
– Pois é verdade: se ainda não sou anarquista, procuro sê-lo.

O meu amigo fixou-me com a desconfiança que o desconhecido inspira.
– Estranhas que eu queira ser anarquista?
– Não... mas...
– Mas o quê? Então ter um ideal de justiça é criminoso?

– Não... mas...

– E ele a dar com o *mas*! Vamos a saber: que ideia fazes tu dos anarquistas?

– Olha... já que assim o queres... Eu queria que tu me explicasses... porque eu penso que os anarquistas são uns... doidos...

– Como és bastante ilustrado, esperava de ti outra resposta... Devias saber que a anarquia preocupa hoje todo o mundo, enchendo de pavor os satisfeitos. E não se trata apenas dum ideal de sociedade futura... São mais largas vistas, é uma nova luz derramada na ciência e na filosofia, uma nova concepção de universo, um novo e vasto campo de estudo... E de tudo isso nasceu o anarquismo militante, todo o movimento que tende para a conquista do lugar para todos no banquete da vida social...

– O que eu queria saber era como será essa sociedade futura que...

– A sociedade anarquicamente organizada? Será livre em todas as suas manifestações de índole individual. Então os indivíduos poderão livremente combinar a forma mais apropriada de produção em comum, pondo os produtos à disposição de todos. Não haverá salário, não haverá dinheiro: estas avaliações são as cadeias que mantêm escravo o trabalhador. Diminuindo o trabalho e aumentando o número de trabalhadores, porque todos trabalharão e apenas no que é útil à vida; utilizando-se todos os progressos da mecânica, no que todos serão interessados, por não haver ociosos; abandonando-se a regulamentação das horas de trabalho – o trabalho será ao mesmo tempo agradável e necessário, individual e socialmente. Só um louco, um doente digno de dó, deixará de trabalhar. E não é só o fato de ser o trabalho higiênico para o indivíduo e necessário para a comunidade que impedirá a existência de ociosos. Hoje, nesta sociedade imoral, a ociosidade é como um prêmio, uma honra – o rico pode ser impunemente ocioso. Na sociedade futura, baseada sobre o trabalho de todos, a opinião pública, que tanta força tem, condenará a ociosidade como um crime, uma vergonha. E depois, se o homem é sociável, tende a associar-se por afinidades; numa sociedade livre, associar-se-á com quem quiser. Poderá mudar frequentemente de ocupação, achando um prazer na variedade. E, satisfeitas em pouco tempo pelo trabalho social as necessidades materiais, cada um poderá buscar a satisfação das necessidades intelectuais e morais. E os inventos suceder-se-ão, acumular-se-ão os materiais para a luta da espécie contra o meio. E esta será a luta em que o homem do porvir consumirá as suas energias.

– Mas tudo isso, que é tão bonito, não poderá ser perturbado? Num instante, um novo despotismo...

– Não. Um povo que saboreia a liberdade, que o educa e torna consciente, dificilmente se deixa oprimir. Hoje mesmo seria impossível o regresso de certas formas do passado. E a história, recordando passadas humilhações e sofrimentos, será para os povos, cada vez mais inteligentes e ricos em saber, um eficaz e salutar aviso...

O Amigo do Povo, SP, ano I, n° 18, 3 jan. 1903.

A ANARQUIA PROPAGADA E DISCUTIDA ENTRE OPERÁRIOS

J. Lleros

I

Na oficina já se trabalhava havia três horas. Entre o barulho ensurdecedor das plainas mecânicas e o chiado agudo das serras circulares, os 30 marceneiros curvados como sempre na bancada de trabalho esperavam, não sem ansiedade, que o apito da máquina desse o sinal de descanso. Aquela ansiedade, maior que a habitual, também se justificava porque naquele dia um novo trabalhador havia começado a trabalhar na oficina.

É costume tradicional entre os operários de todas as categorias comemorar, na hora do almoço, a chegada de um novo camarada com uma garrafa de licor que o recém-chegado é, por assim dizer, obrigado a oferecer aos colegas; e por isso naquele dia os olhos dos 30 trabalhadores passavam, mais que o normal, da bancada de trabalho ao relógio de pêndulo pendurado no fundo do barracão.

Finalmente soaram as dez e, antes de a máquina terminar o seu apito agudo e prolongado, os trabalhadores já haviam deixado as diversas ferramentas de trabalho e, depois de sacudir com as mãos a poeira de madeira que se depositara nos braços, nas costas, por todo o corpo, enfim, preparavam-se para tomar o lanche.

Desde o princípio, naturalmente, começaram a falar do novo torneiro, o qual, como se não se desse conta de ser o alvo da conversa, sentara-se sobre uma pilha de tábuas no fundo da oficina, lendo um jornal enquanto comia. Em menos de meia hora os trabalhadores haviam terminado de comer e estavam reunidos, como de costume, em torno da bancada de José, o operário mais antigo da oficina. Como o recém-chegado teimava em continuar lá no fundo, decidiu-se que o próprio José iria até ele para lembrar-lhe do dever de novo camarada.

Então José aproximou-se do torneiro e, pondo a mão amigavelmente em seu ombro, disse:

– Como é o seu nome, camarada?

– Meu nome é Artur – respondeu o interpelado, deixando o jornal cair sobre os joelhos.

José certamente teria ido direto ao assunto se seus olhos não tivessem pousado no jornal que permanecera aberto e em cujo cabeçalho havia lido: *A Agitação – jornal Socialista-Anarquista*. Isso naturalmente o fez mudar de ideia, pois, olhando o torneiro nos olhos, perguntou:

– O que você está lendo no jornal?

– Um artigo de Malatesta sobre as organizações operárias.

– E não poderia gastar melhor o seu tempo?

– Não acredito que exista um meio melhor para nós que o de dedicar o pouco de tempo que nos resta lendo e aprendendo.

– Eu também acho! Mas você sabe que jornal é esse?

– Essa é boa! Devo saber muito bem, já que reflete as minhas ideias.

– Então você é...

– Anarquista... isso mesmo...

Aquela declaração deixou José um pouco desconcertado, pois, voltando-se para os outros operários, que pouco a pouco haviam se aproximado, fez uma careta de contrariedade.

– Lamento dizer – recomeçou depois, olhando sério para Artur –, mas essa qualidade não é motivo de orgulho entre nós.

– E por que, se posso perguntar?

– Porque não queremos ter nada a ver com assassinos.

– E quem disse que os anarquistas são assassinos?

– E não é verdade?

– Não pode existir calúnia maior que essa; e, se você tivesse lido algo a respeito das nossas ideias, teria percebido que não apenas não somos assassinos, mas somos os mais ferrenhos inimigos do assassinato, sob qualquer forma e seja quem for seu autor. E todos vocês se convencerão disso quando eu tiver tempo de lhes explicar o quanto de grande e de belo está encerrado na palavra *Anarquia*.

Desta vez quem replicou foi Antônio, o lustrador, que, desejando demonstrar toda a sua ciência positiva e, com a certeza de confundir Artur, lhe perguntou:

– Então, responda: Bresci, Caserio e Angiolillo* não eram anarquistas?

– Eram sim, e daí?

– Nesse caso, a partir do momento em que você diz que eles eram anarquistas, isso significa que aquilo que eles fizeram correspondia exatamente aos princípios de vocês e portanto...

---

* Gaetano Bresci (1869-1901), anarquista ítalo-americano condenado à pena capital pelo assassinato do rei Humberto da Itália, em 1900; Sante Geronimo Caserio (1873-1894), anarquista nascido na Itália que em 1894 apunhalou e matou o presidente da República Francesa, Marie François Sadi Carnot; Michele Angiolillo Lombardi (1871-1897), anarquista italiano que em 1896 assassinou o presidente do governo da Espanha, Antonio Cánovas del Castillo. [N. da T.]

— Ouçam, sinto muito que esta observação me seja feita justamente agora, pois, se eu tivesse tempo de fazer com que vocês compreendessem um pouco os nossos objetivos, talvez pudesse explicar-lhes mais facilmente a questão.

— Se eles agiram em conformidade com nossos princípios é algo que vou demonstrar mais tarde, ou seja, quando vocês adquirirem um conceito mais claro e definido sobre nós; agora, porém, quero que vocês compreendam que eles não foram nem podem ser considerados assassinos.

— E como você pode afirmar isso? — disseram em coro dois ou três dos ouvintes.

— De uma maneira muito simples. Alguns de vocês devem ter assistido à comemoração realizada domingo passado no Teatro Massimo...

— Eu também estive lá — respondeu o lustrador.

— E você sabe quem era homenageado?

— Não me lembro bem; um certo... ber... Ober...

— Oberdank*, não é?

— Isso mesmo.

— E você sabe quem foi Oberdank?

---

* Wilhelm Oberdank ou Guglielmo Oberdan (1858-1882) foi expoente do irredentismo, movimento de patriotas italianos, cujo objetivo era reintegrar à Itália territórios sob domínio estrangeiro, sobretudo da Áustria. Oberdank foi condenado à morte pela justiça austríaca por ter tentado matar o imperador Francisco José. Foi enforcado em Trieste em 20 de dezembro de 1882. [N. da T.]

– Para dizer a verdade não sei quem foi, mas com certeza deve ter sido um grande homem, considerando a quantidade de pessoas presentes na comemoração e o que disseram três ou quatro senhores de cartola que pronunciaram os discursos. Aliás, um deles disse precisamente isto: "Hoje homenageamos um herói!"

– Está certo! Mas você não sabe por que Oberdank foi um herói?

– Ah, isso eu não sei.

– Pois então eu vou dizer... Oberdank foi um herói porque tentou, nem mais nem menos, fazer o mesmo que fizeram Caserio, Angiolillo e Bresci.

– Você está brincando!

– Não estou brincando; é sério. E, se você tivesse lido um pouco da história, não ficaria tão admirado. Assim como Bresci e os outros, Oberdank também tinha uma crença e, como eles, soube apaixonar-se tanto pelo próprio Ideal a ponto de nutrir um ódio profundo contra os que eram inimigos ferrenhos daquele Ideal – como eles, Oberdank levantou a mão vingadora contra um inimigo da sua fé e como eles foi martirizado e morto. Portanto, vocês podem perceber que, se tantas honras e homenagens são dedicadas a Oberdank, não é justo que sejam difamados outros homens que não fizeram nem mais nem menos do que aquilo que ele fez.

– Mas então por que até o farmacêutico do outro lado da rua, que é um homem instruído, aplaudia os que homenageavam Oberdank e é tão contrário a Bresci, que ele chama de assassino?

– Por um motivo muito lógico. A fé que armou o braço de Oberdank não foi a mesma que armou o de Bresci; aliás, as duas ideias são totalmente contrárias uma à outra. Hoje o partido pelo qual Oberdank lutou e caiu dedica-lhe honras, assim como é lógico que, quando amanhã nosso Ideal, pelo qual lutaram Bresci, Caserio e Angiolillo e tantos outros, tiver conquistado o primeiro lugar entre os homens, eles naturalmente, como nossos mártires, deverão ter estima e admiração.

José, que permanecera mudo até então, tomou novamente a palavra.

– Realmente você tem razão, e agora sou o primeiro a concordar que fiz mal em falar-lhe daquela maneira sem antes conhecer aquilo que você disse agora, mas você deve convir que nós, operários, não temos de nos envolver nesses partidos políticos em que não existe nada a ganhar.

– Ao contrário, os operários ganharão muito sendo anarquistas... Mas já está tarde... Amanhã começarei a falar com vocês sobre esse assunto.

A máquina fez ouvir novamente o seu apito agudo e prolongado. As plainas recomeçaram a ranger, as serras retomaram o seu giro vertiginoso e cinco minutos depois os 30 operários estavam novamente curvados sobre suas bancadas de trabalho.

II

No dia seguinte, Artur já havia feito amizade com os novos colegas de trabalho, os quais, após a discussão do dia anterior, já tinham por ele aquela estima, digamos assim, que o operário com um pouco de instrução logo consegue conquistar entre os colegas de oficina. Desta vez foi ele que, assim que a máquina fez ouvir o apito que era o sinal da hora do almoço, foi sentar-se no meio do grupo, desejoso de retomar a discussão do ponto em que a interrompera.

O lustrador que, apesar do defeito de querer saber mais que os outros e da mania de estar a par de fatos que no fundo nem sequer conhecia, era, contudo, um bom rapaz e até mesmo um pouco desejoso de aprender alguma coisa, logo começou a falar.

– Você estava dizendo que nós, operários, ganharíamos muito se nos interessássemos e seguíssemos as teorias de vocês e prometeu que nos explicaria isso hoje. Vamos ouvir.

– Ontem eu disse que os operários ganhariam muito assistindo às nossas discussões e acrescento hoje que o interesse deles por nós chega a ser até um dever.

– Ora, só faltava isso!

– Precisamente!... É um dever para os operários interessar-se pela nossa propaganda e espero convencer vocês com um exemplo. Vamos supor que você, José, morasse no campo e não tivesse nem sequer um banquinho para se sentar. Certa tarde, ao voltar para casa, encontra pelo caminho uma árvore que a tempestade do dia anterior derrubou na floresta vizinha. Aquela árvore lhe serviria muito bem para fazer um banquinho e você a apanha; com um esforço enorme, você a leva para casa e, chegando lá, a serra, a aplaina, enfim, constrói a comodidade de que precisa para se sentar. Até aqui nada de extraordinário, mas um belo dia, enquanto você está sentado tranquilamente em *seu* banco, entra em casa um indivíduo que você não conhece. Aquele homem é um vagabundo, nunca trabalhou, e não seria capaz de pregar um prego; mesmo assim, com um descaramento sem igual, lhe diz: "Dê-me aquele banco porque é *meu*!" Você fica sem ação, abre a boca para falar, mas antes de conseguir dizer meia palavra o indivíduo tira do bolso do casaco uma papelada onde ele mesmo escreveu aquilo que julgou suficiente para poder roubar o seu banco e que não passa de um monte de mentiras. Você não é instruído, não entende que o que está escrito foi feito precisamente para prejudicá-lo, e ele se aproveita disso para lhe contar uma série de histórias, direito, propriedade, herança, lei, todas essas coisas que você não compreende e que fazem com que as pretensões dele sobre o seu banco pareçam justas para sua mente.

— Mas é preciso ver se eu seria tão estúpido a ponto de me deixar embrulhar pelo papo e pela papelada.

— Ele previu também isso, ele sabe muito bem que, se você quisesse, jamais conseguiria levar embora o *seu* banco; ele compreende que, se você teimasse em considerar injustas as pretensões dele e se, em última instância, se decidisse a expulsá-lo com um formidável chute no traseiro, não poderia reagir porque é fraco e só tem uma parte muito pequena da força que você tem. Ele sabe muito bem tudo isso e, para ter mais certeza, trouxe consigo dois de seus empregados, que entram em ação no momento oportuno. Um deles aponta um revólver para o seu rosto e lhe diz: "Entregue logo o banco ao meu patrão, ou então eu mato você"; o outro se finge de amigo, enche sua cabeça com histórias de recompensas futuras, de submissão, de vontade divina, para convencê-lo, docilmente, a se deixar roubar.

— Mas neste caso seria um roubo a mão armada.

— É isso mesmo, José, um roubo a mão armada no verdadeiro significado da palavra e, quando, no lugar dos personagens simbólicos do exemplo, nós colocarmos os verdadeiros personagens, você perceberá como ele se repete todos os dias sem que nos pareça isso; mas voltemos ao exemplo. Então essas três pessoas reunidas agem de tal modo sobre a sua mente que retiram aquele pouco de luz que poderia haver ali, tanto que você, sem pensar mais em discutir as pretensões deles, se deixa *convencer* de que o banco não é seu e acaba maldizendo a sorte que o obrigou a se sentar no chão, enquanto aquele vagabundo leva tranquilamente o *seu* banquinho, zombando de sua ingenuidade.

– Mas eu gostaria de saber o que isso tudo tem a ver com a anarquia e com os anarquistas!

– Tenha um pouco de paciência e depois vamos explicar melhor. Agora, acontece que, enquanto os três cúmplices levam embora o seu trabalho, passa diante de sua casa um outro indivíduo. Este não conhece você e poderia continuar cuidando da própria vida sem se preocupar com você, mas não o faz. Aquele homem tem coração, fica com pena de você, compreende que está sendo cometido um furto em seu prejuízo e quer ajudá-lo; entra na casa sem se importar com o revólver que o mesmo empregado ainda segura ameaçadoramente na mão, percebe que os três bandidos acabaram *dopando-o* para fazê-lo dormir e poder roubá-lo livremente, chama você, sacode-o e grita em seu ouvido: "Acorde, imbecil! Não percebe que está sendo roubado?" Naturalmente, os três ladrões dirigem a sua ira contra o recém-chegado, que vem, por assim dizer, estragar os planos deles. Atacam aquele homem para impedir que os gritos dele acordem você, tentam amordaçá-lo para obrigá-lo a se calar, mas ele se debate, não desiste e grita a plenos pulmões: "Acorde! Não está vendo que estão roubando você?..." Ora, digam-me, qual teria sido o seu dever neste caso?

— Que pergunta!... Naturalmente, eu procuraria socorrer quem se expôs a um perigo por minha causa.

— E se, ao invés disso, você se unisse aos três ladrões para sufocar aquele homem que entrou precisamente para defendê-lo, como deveria chamar-se a sua ação?

— Uma ação infame, assim como eu seria infame se a cometesse... Mas, no fim das contas, tenho a impressão de que o que você está nos contando não tem nada a ver com a anarquia.

— E se eu lhe dissesse que o quarto indivíduo, o homem que viera para acordar você e que tinha direito ao seu reconhecimento, é justamente um anarquista?

— Imagine!... são lorotas!

— São verdades inquestionáveis, caro José. Mas vamos por partes. Portanto: o homem do exemplo que, com o suor de seu rosto, havia fabricado uma comodidade para sua família é você, assim como todos aqueles que trabalham e produzem; o ladrão que vem roubá-la é o dono da oficina, assim como todos os proprietários que não trabalham e não produzem; seus cúmplices, ou melhor dizendo, seus servos são o soldado e o padre, que, por sua vez, representam o exército e o clericalismo.

– Ei! Espere um pouco, meu caro, tenho a impressão de que você está muito enganado. Em primeiro lugar, o dono da oficina não rouba nada de ninguém.

– Você acha?... Então me diga: onde você colocou o armário que terminou ontem?

– Eu o entreguei ao patrão, mas o armário não era meu.

– Então, não foi você que o fez?

– Claro que eu o fiz, mas para isso usei a madeira do patrão, as máquinas do patrão, e é justo que ele exija o fruto do seu capital.

– E quem lhe disse que a madeira e as máquinas são dele? Vamos voltar ao nosso exemplo. Vamos supor que o ladrão da fábula, depois de roubar o *seu* banquinho, o trocasse, por exemplo, por um par de sapatos. Você acha que aqueles sapatos são dele?

– Claro que não, porque ele os conseguiu em troca do *meu* banco, e então os sapatos deveriam ser *meus*.

– Claro! O mesmo acontece com o patrão. As máquinas, a madeira, tudo o que você está vendo não pertence ao patrão, porque ele nunca trabalhou e os comprou com o dinheiro obtido com a venda dos móveis que não eram *dele*, e sim dos operários que os haviam fabricado, e ele se apropriou deles lançando mão da lei que não é outra coisa senão a papelada de que se valeu o ladrão da fábula para fazer valer as suas pretensões diante de você.

"Sim, caros amigos, aquilo que para vocês parece a coisa mais natural deste mundo não passa de uma série de ladroagens descaradamente cometidas em prejuízo de vocês.

O patrão nos *rouba* o nosso suor todos os dias e, quando alguns de nós levantam a voz para pedir uma pequena parte daquilo que nos é devido, envia contra eles um batalhão de soldados com a ordem de fazê-los calar a boca com um golpe de fuzil no estômago. Quanto ao padre, o outro aliado e cúmplice do patrão, em seguida terei tempo para lhes explicar como suas doutrinas não passam de um amontoado de mentiras habilmente inventadas para atrofiar o cérebro dos nossos filhos e tirar deles a ideia de pensar por conta própria.

Mas para colocar um obstáculo não insignificante nessa ordem de coisas vieram os anarquistas; nós, que livramos nosso cérebro de tantos preconceitos e, depois de analisar e estudar minuciosamente a sociedade de hoje, nos convencemos de que ela é uma entidade imoral e nociva com todas as suas instituições, preconceitos e privilégios.

Animados pelo desejo de recriar-nos em comum, declaramos guerra aos poderosos, pois não queremos mais sofrer inconscientemente esse estado de coisas e começamos uma propaganda ativa e incessante com o objetivo de despertar o operário enfraquecido pelo servilismo e pelo preconceito, para fazê-lo reconhecer todos os seus direitos e ensinar-lhe o caminho para conquistá-los.

É natural que nossa ação não pode agradar aos proprietários e aos senhores, por isso eles voltaram contra nós toda a sua raiva, e isso explica as perseguições que sofremos continuamente, mas que jamais nos farão voltar atrás nem mudar de ideia."

– Tudo o que você está nos dizendo é bonito, sem dúvida, mas palavras, meu caro, não enchem barriga. Eu tenho certeza de que, se não existissem os patrões que nos dão trabalho, morreríamos de fome.

– Ao contrário, caro José! Sem patrões nós viveríamos muito melhor do que hoje, e vou convencê-los disso amanhã, porque hoje não tenho tempo para fazê-lo.

– Está bem! Até amanhã, então!

La Nuova Gente, SP, ano I, n.ºˢ 1 e 2,
1.º e 15 nov. 1903.

PROJEÇÕES DA UTOPIA LIBERTÁRIA

GERMINAL!

G. D. [Gigi Damiani]

Pelo calvário da vida novos Cristos sobem a montanha, dominados por uma mística esperança, deixando partes de sua carne nos espinheiros que bloqueiam o caminho; morrem sob o peso da cruz.

Mas as piedosas virgens de Jerusalém não acorrem para derramar lágrimas por esses pioneiros da justiça, como o faziam para os rabis da Galileia, e quando, exaustos, caem sob a cruz, nenhum Cireneu se dá o trabalho de ajudá-los.

O povo os olha silencioso, imbecilizado pela secular escravidão, sem chegar a compreendê--los. As pessoas cultas os chamam de maníacos, a multidão de mercenários acusa-os de malfeitores. E eles sorriem para os carrascos e a tortura, para os caluniadores e as acusações; sorriem e caminham, caminham...

"Para o nada!", gritam os novos doutores de Salamanca.

"Para o futuro", respondem os mártires da liberdade.

E caminham...

Eis que chegaram ao cume.

Esperam ver nascer o sol dos novos tempos; inútil esperança...

Sob o céu cinzento, se adensa a tempestade, o horizonte está escuro...

Olham ao seu redor... buscando...

Mas os poucos que se disseram seus companheiros, que na luta juraram segui-los, já estão longe, derrotados pelas torturas, mortos pelo sofrimento, dispersos pela tormenta... E agora?!

O carrasco, porém, está próximo: os fariseus exultantes de alegria estão lá perto... E agora?!

Agora o mártir se transforma em rebelde, desvencilha-se da cruz, levanta a cabeça e fixa orgulhoso os carrascos... e...

E investe sozinho contra todos.

* * *

Lá, onde esperaram encontrar conforto, descanso, foi elevado o patíbulo.

Assustados, os carrascos por um instante temeram que a massa tomasse o partido desses audaciosos rebeldes, mas a massa não se manifestou, embrutecida pelo hábito de servir. E depois Judas descera no meio da multidão e, debaixo das colunas do Pretório, gritara: "Calma, calma, não se deixem entusiasmar pelo ato desses românticos..."

Mas os românticos sorriram, na intuição de novos tempos, e quando a estrela-d'alva surgiu, prenunciando o alvorecer, com um sorriso ofereceram a cabeça ao carrasco.

* * *

GERMINAL!

Quem lançou este fatídico grito à multidão, quem lhe deu tanta força sonora a ponto de fazê-lo ecoar por todo o mundo?

Foi concebido por um homem, inspirado por um partido? Não!

É precisamente ele a fórmula da hora de sangue iminente; é a palavra que encerra todo o conceito da filosofia inovadora; é o grito da esperança, o hino da liberdade, o grito da batalha.

Germinal!

Por que os tiranos empalidecem, por que as plebes levantam a cabeça?... Todavia, é apenas um grito!

Mas no ar, nas coisas, em tudo, passa o frêmito das horas que correm e, irrigada pelo sangue rebelde, a flor da justiça já está germinando.

* * *

Podes gritar o quanto quiseres, Iscariotes:
"Calma, calma: não deem atenção aos românticos..."
A multidão já não te escuta, levanta-se e presta ouvidos à exclamação suprema do homem que morre pela Ideia:
GERMINAL!

Il Risveglio (SP), ano I, n° 3, 23 jan. 1898.

ACRACIÁPOLIS
(CONTO)

Vicente Carreras

No imenso território que o Brasil abarca, depois de atravessar uma infinidade de bosques impenetráveis habitados por enormes serpentes, tigres, leões, e outra infinidade de feras que põem em perigo a vida das pessoas que se atrevem a cruzá-los, encontra-se uma formosa povoação chamada Acraciápolis, cujos habitantes, em número de 500, são dignos dum detido estudo pelo seu modo de viver.

Essa povoação, que segundo se calcula conta duzentos anos de existência, deve a sua origem a um troço de exploradores composto de 100 pessoas, entre homens e mulheres. Essa gente, tendo atravessado enormes extensões de terreno desconhecido, por entre florestas e barrancos, desafiando e transpondo mil perigos a cada momento, descobriu uma linda pradaria com um terreno fértil cruzado por encantadores arroios de água cristalina e rodeado por numerosas árvores frutíferas silvestres que proporcionaram aos viajantes o alimento necessário.

Ali decidiram então estabelecer-se definitivamente, longe duma sociedade corrompida e criminosa, e para esse fim começaram a construir algumas barracas provisórias onde se abrigaram, enquanto iam edificando formosas casas que lhes proporcionassem todas as comodidades.

Não faltavam ao bando engenheiros e bons operários, bem como as ferramentas mais precisas para os primeiros trabalhos, e isto ajudado por algumas minas lá existentes forneceu-lhes os meios de fabricar máquinas de todas as classes e de fomentar com rápido impulso a nova cidade por eles [criada], à qual deram o nome de Acraciápolis (cidade da anarquia).

Viviam todos na melhor harmonia, sem que ninguém se considerasse superior aos companheiros, trabalhando todos para garantir o bem--estar e para satisfazer as necessidades da vida. Nestas condições foram passando anos e mais anos, multiplicando-se os habitantes daquela nova cidade, sem que jamais reinasse entre eles a discórdia ou o egoísmo. O único egoísmo que existia era o estímulo natural das ciências para alcançar uma obra ou um descobrimento que redundasse em benefício de todos, e que ganhasse para o autor os elogios de toda a comunidade.

Assim decorreram duzentos anos, aumentando sempre a população, que é hoje de 5 000 habitantes*, sem que nunca se tenha ali sentido a necessidade de criar um governo, sem leis escritas, sem dinheiro, sem padres, sem juízes, sem soldados nem polícias, sem cárceres nem patíbulos, sem ladrões nem prostitutas, numa palavra, sem nenhuma das porcarias e vícios que temos na nossa sociedade.

Com a ajuda das máquinas, que são propriedade comum de todo o povo, executa-se o trabalho em poucas horas e em condições agradáveis. Não sucedem catástrofes nas minas nem acidentes tristes nos outros trabalhos, porque se procura aplicar-lhes todas as condições de segurança possíveis.

Como sobra tempo e estão os meios necessários ao alcance de todos, ao mesmo tempo que se executa o trabalho material, cultivam-se as artes e as ciências, conquistando-se, cada vez mais, maior grau de bem-estar e recreio. Não se conhecem ali as bebidas alcoólicas nem as adulterações das substâncias alimentícias, porque não há negociantes, esses seres pouco escrupu-

---

* 5000, cf. original, embora no início do conto apareça a cifra de 500 habitantes, mais adequada a uma povoação. [N. dos Orgs.]

losos que tratam de enriquecer-se, ainda que seja envenenando os seus semelhantes, como acontece na nossa sociedade.

As uniões dos sexos são espontâneas e por verdadeiro amor, sem a interferência nem a sanção de terceira pessoa, visto que não há miras interesseiras, causadas pela desigualdade de bens.

As crianças e os velhos são educados e cuidados pela comunidade, sem que isto se considere uma esmola, mas sim um dever. Os trabalhos indispensáveis e pesados ou repugnantes fazem-se voluntariamente e à vez, visto que redundam em benefício de todos. Enfim: tal é, descrita a grandes traços, a organização social na povoação de Acraciápolis.

Os que lerem esta descrição e gostarem dela, se quiserem ir para lá, só lhes direi que o caminho é bem conhecido: seguir sempre a estrada da revolução social.

Hão de encontrar durante a viagem muitos obstáculos e perigos, mas nada de desanimar; se tiverem valor e perseverança, chegarão; não há dúvida, chegarão.

O Amigo do Povo (SP), ano I, n? 15, 8 nov. 1902.

FOGO!

Anônimo

Acabo de contemplar um pavoroso, um emocionante incêndio. A fábrica, antro horripilante de injustiças, ficou reduzida aos alicerces. As chamas, chamas reparadoras duma escravidão milenária, fizeram, em algumas horas, o que os homens, em anos de incessantes prédicas, não foram capazes de realizar.

Fui dos primeiros a chegar. O incêndio não havia tomado ainda as proporções gigantescas que foram depois o terror de todos. Lentos como tartarugas, chegavam os bombeiros, e iam preparando os trabalhos de extinção.

Um compacto grupo de povo, estacionado em frente do lugar do sinistro, fazia os mais diversos comentários, enquanto o fogo, com seus raios de visão apocalíptica, lambia as paredes das casas vizinhas. A fábrica ardia crepitando monstruosamente, derruindo-se, arrastando consigo todos os artefatos que, junto com o suor dos operários, constituíam uma boa parte da riqueza do patrão.

Os comentários do povo espectador eram os mais desencontrados, os mais diversos. Sarcasmos, imprecações, lágrimas, soluços afogados...

Dois mil trabalhadores ficavam na rua, expostos à falta de pão para o dia seguinte. Murmurava-se que o fogo parecia estar de comum acordo com a crise, com a guerra, com essa horripilante guerra que consome inutilmente o melhor das energias humanas.

A fábrica era uma espécie de casa feudal. Ali se sucediam as gerações. De avós a netos, destes a outros netos, todos davam a sua seiva, fecunda e boa, à casta de zangões que, como donos, também se sucediam ali.

O patrão possuía outras fábricas, muitas fábricas, onde honradamente protegia e dava de comer a milhares de trabalhadores. O incêndio, para ele, não tinha maior importância, visto estar tudo no seguro, em várias companhias. Os trabalhadores é que sofreriam as consequências imediatas do desastre, lançados à rua, expostos à insegurança aterradora do amanhã.

Por isso os comentários, em frente ao fogo, eram todos de pessoas interessadas. E, através das chamas que rapidamente comiam a fábrica com fome feroz, com fome de demolidora justiça, os interessados, os que ficavam sem nada com a perda da fábrica, tinham a visão das negruras do porvir. O patrão era tudo, era-lhes absolutamente indispensável; dava-lhes, mediante pagamento, a casa em que viviam, vendia-lhes os comestíveis, proporcionava-lhes trabalho...

Era como um bom patriarca, que sofria quando sofriam os seus trabalhadores, que gozava quando eles gozavam. Viviam, patrão e operários, as mesmas emoções, estavam ligados a idênticos interesses... Havia apenas uma pequena, uma insignificante diferença: o patrão era rico e desfrutava, sem trabalhar, todas as delícias da vida, ao passo que os trabalhadores, irmãos menores do patrão, trabalhavam desde crianças até a velhice, sofrendo as penúrias da escassez e da fome.

Um incêndio, quando é justo, quando é bom, provoca o espasmo de excelsos prazeres, de emoções sublimes. Tem alguma coisa de maravilhosamente trágico, que nos faz entrever o modo como ruirá o velho mundo de mentiras e tartufismos convencionais.

Os nervos, em extrema tensão, querendo rebentar em estalidos de rebeldia, nos dizem e nos dão a sensação equânime e real das coisas. Falam-nos, sem preâmbulos metafísicos, desse regime novo que há de surdir do fragor da fogueira, do fogo renovador e santo.

Diante do fogo, como diante da vida, vemos ao longe o porvir luminoso que sonhamos. O esquema construtivo, a síntese de um mundo melhor. O complemento, merecido e esperado, à obra dos tiranos de todos os tempos.

O fogo é artístico e estético. Duma beleza inimitável, parece essa música de Wagner que nos retrata nos tímpanos e no coração as convulsões espasmódicas dos elementos em eterno movimento. Parece o vaivém, em guerra aberta, de filosofias, tendências, sistemas. A Justiça abrindo passo, rompendo todos os muros que se lhe oponham, afirmando a verdade e a razão.

Na Barricada, RJ, ano II, nº 2, 16 jan. 1916.

ORAÇÃO

Maria Lacerda de Moura

Minh'alma flutua por sobre o Cosmos...
O mundo é criação do meu Sonho...
Eu sou o Criador de mim mesma...
Através de mim perpassam todas as correntes de Amor, refletidas no Arco-Íris de Luz da Grandeza Espiritual dos Cosmos incriados.

Sou um Centro irradiador de poder sobre mim mesma, um ritmo no hino Cósmico, uma nota perdida na orquestra infinita da Beleza, na concepção máxima a que pode atingir a Mente Humana.

O Amor – o Deus único nos parques silenciosos das minhas Catedrais interiores – canta, dentro de mim, o poema da Vida Eterna.

Os ídolos não os reconheço.

Porque...

Só para amar foi feita a Vida...

Cada ser é um elo da grande corrente do Amor Universal.

Os erros e os crimes de lesa-felicidade humana – não estou disposta a continuá-los com a cumplicidade do meu Ser.

Não matarás – é o segredo da Esfinge na evolução humana.

Jamais levantarei a pureza dinâmica das minhas mãos para macular o meu Ser no sangue de meu irmão.

Governo todo o meu mundo interior.

Eu sou a Ética e o Juiz da minha própria evolução. Através do meu ser coam-se todas as luzes e todas as cores e todos os sons e todas as flâmulas de energia do lampadário ondulante da Vida em todas as suas estupendas manifestações.

Eu sou um átomo de Luz, um criador de serenidade, um dispersador de Forças no grande concerto Cósmico. Eu sou um ritmo colorido e flamante, em Arco-Íris, refletido no Oceano do Amor e da Sabedoria. Eu sou o Artista Absoluto, criador dos meus Sonhos, escultor do meu Pensamento, burilador da estátua do meu Ser, domador do corcel da minha Vida.

Sou forte, tenho uma vontade enérgica e perseverante coragem e quero ser um canal por onde perpassem todos os ritmos da Beleza máxima e da máxima Sabedoria.

Sou invencível porque sou o Amor.

Nada pode ser contra mim.

E ninguém, absolutamente ninguém, me pode prejudicar.

Matei em mim o Medo, o Ódio, a Inveja, a Vingança, o Orgulho, a Vaidade.

Não quero mais despertar a besta-fera adormecida, enjaulada nas criptas profundas do meu inconsciente instintivo.

O Amor transborda no lampadário dos Astros ou no lampejo cintilante do olhar materno, divinizado pela maternidade espiritual.

Saibamos extrair o Amor dos escombros, das ruínas, dos erros e crimes perpetrados por todas as civilizações de bárbaros.

Não sejamos cúmplices dos carrascos do gênero humano.

Glória à Liberdade!

Não mais nos sirvamos de capatazes e escravos, lacaios do dominismo ou do servilismo e da covardia do rebanho social.

A minha pátria é o meu coração.

A minha pátria é a minha Razão.

A minha pátria é o Universo.

A minha pátria não tem fronteiras: vai até o coração imenso de todo o gênero humano e considerado nas unidades individuais.

A minha Religião é a Religião do Amor e da Beleza.

A minha metafísica livre é embalada no "sorriso da dúvida e na música do sonho". É um poema... Não tenho Religião, porque minh'alma é profundamente religiosa... da Religião do Amor, da Beleza, da Sabedoria. Venham a mim, ó meus irmãos, amigos e inimigos. A todos eu amo com a Sabedoria do Coração.

Apertemo-nos as mãos no gesto altivo e nobre e grande e forte da Solidariedade Individual – para a Paz entre os humanos, para novos e mais altos destinos no seio da Harmonia Cósmica.

Glória à Liberdade!

Glória à Sabedoria!

Glória à Beleza!

Glória ao Amor!

Glória à suprema Beleza do Amor no coração dos seres humanos.

Glória a tudo que vive e soluça e canta e sonha na escalada magnífica – para além do Tempo e para além do Espaço...

Glória a todas as estupendas maravilhas do Universo de que cada Ser livre é um Centro irradiador de Força e Beleza, de Amor e Sabedoria.

A Plebe, SP, nova fase, ano I, n°. 6, 31 dez. 1932.

A CIDADE DAS
ALMAS ADORMECIDAS

Felix Lázaro

Só a imaginação humana, em sua louca carreira ascendente às regiões do abstrato, pôde colocar a Eros na abrupta montanha em que se achava.

Sobre a base de sua cúspide se estendia, como alguma coisa enigmática e inescrutável, a Cidade das Almas Adormecidas, onde moravam os "homens".

E assim, em perpétua intangibilidade, viveu Eros por espaço de muitos séculos à margem dos que o haviam criado.

Mas chegou o dia em que o deus do Amor se transformou de divino em humano, e disse a seu coração:

– Estou cansado de minha solidão e destas alturas; quero descer até os homens e saber de que maneira vivem. Já é hora – seguiu dizendo – de que a mitologia divina criada pelos gregos conheça algo que seja relativo ao mito humano universalizado.

E Eros, com passos firmes e longos, foi descendo da montanha até chegar ante as portas da grande Cidade das Almas Adormecidas. Sobre o pórtico havia uma inscrição, em que se lia: "Europa, Ásia, África, América e Oceania."

– Alfa! – gritou Eros, e as portas se entreabriram.

O tempo (um ancião de longas barbas prateadas) fez a sua aparição naquele momento e perguntou-lhe:

– Que buscais entre os que dormem?

– Busco aos homens. Que me dizeis deles?

– E que poderia dizer-vos? Entrai e podereis apreciar como vivem, já que a isso chamam viver.

O Tempo abriu as portas, par a par, e Eros em companhia do ancião pôde penetrar no interior da Cidade das Almas Adormecidas.

Um odor úmido, penetrante, semelhante a infinidade de gerações reduzidas a pó, se percebia por todas as ruas e praças.

Sobre a base de um magnífico mausoléu, que servia de pedestal à figura de um herói morto em holocausto à pátria, jazia cravado um enorme ataúde.

— O que contém esta caixa? — perguntou Eros ao Tempo.

— Os restos das civilizações passadas — respondeu aquele.

— Das civilizações passadas?

— Sim, isto é, dos homens que, segundo eles, trouxeram as primeiras luzes à Humanidade.

— Falaste de luzes resplendores*?...

— Sim.

— Não compreendo. Minha vista é muito aguda e, não obstante, em derredor, só vejo luzes extintas. Porém, vejamos — insistiu de novo Eros. — Quem dirigiu o Destino dos povos na Antiguidade?

— Sacerdotes, reis e imperadores. Que outros personagens poderiam fazê-lo? Eles legaram às gerações futuras páginas brilhantes para a História, nas quais as grandes conquistas de povos e continentes inteiros sucediam-se umas às outras com prodigiosa rapidez. A Antiguidade — seguiu dizendo o Tempo — foi pródiga em heróis. As condecorações choviam sobre o peito dos reis e imperadores como uma coisa prodigiosa.

Calou-se o Tempo.

Eros, entretanto, reflexionava sobre o que ouvia. E, finalmente, inclinou-se sobre o ataúde e, levantando a tampa, pôs-se a examinar o interior.

Ossos, túnicas e metais preciosos se confundiam em uma massa compacta; porém, o que

---

* Cf. original. [N. dos Orgs.]

mais chamou poderosamente a atenção de Eros foi um montão de coroas reais, cetros, cruzes oficiais e outras muitas condecorações de Estado que havia sobre um ângulo da caixa.

E, à vista de tantos ornamentos, pediu ao Tempo que o conduzisse a outros lugares menos silenciosos, porque ali começava a aborrecer-se. Acedeu o Tempo; porém, no momento em que se dispunham a abandonar o lugar, um furacão sacudiu violentamente o ataúde, despejando-o.

E produziu uma coisa assombrosa, imprevista.

Do interior daquele montão enorme de despojos, saíam, em estrepitosa sinfonia, gritos agudos, queixas, risadas de loucos.

Por debaixo dos escudos, coroas e demais ornamentos governamentais, corria um caudaloso rio de sangue humano, e, por entre o sussurro das águas rubras, percebiam-se mães desesperadas, um rumor surdo que era todo um poema de dor humana.

– Que significa tudo isso? – perguntou Eros aterrorizado.

– Significa o fruto, o resultado de todas as conquistas, de todas as vitórias do homem sobre si mesmo – respondeu o Tempo.

E Eros disse ao próprio coração:

– Onde os homens só veem louros e vitórias, eu vejo, unicamente, crimes.

– Fecha esse ataúde – continuou – que só ossos e horrores contém, e deixemos os nossos antepassados dormindo eternamente, já que nos legaram, somente, obras defeituosas e monstruosos crimes. Sigamos ao lugar onde existem os homens vivos, se é que ainda existem nesta silenciosa cidade.

Passados instantes, achavam-se ambos ante enorme edifício, onde uma multidão informe movia-se ao compasso de um ritmo estranho. Máquinas, muitas máquinas; buzinadas, fábricas, ateliês, homens, coisas: tudo se confundia naquele local em contínuo tropel.

E o Tempo, dirigindo-se a Eros, disse-lhe:

— Eis aqui os que vivem, os homens atuais. Vivem em sociedades dirigidas por um Estado.

— E o que significa e representa isso para o povo?

— Verás: o Estado é uma instituição governamental que tem por única missão dirigir os homens a seu modo. Cada nação tem um Estado que a governa, e cada Estado, por sua vez, tem a seu serviço um determinado número de funcionários que, por meio de leis, decretos e impostos elaborados pelos mesmos, sancionam, à sua maneira, os atos dos demais mortais.

— E são justas essas promulgações mediante as quais o Estado rege a vida dos demais homens?

— Nada, em absoluto, do que faz o Estado é justo — respondeu o Tempo. — O Estado dividiu os homens em povos, raças e classes; o Estado tem traçado linhas políticas sobre a Terra para dividi-la em regiões, nações e outras miudezas da mesma espécie; o Estado, afinal, tem semeado a desgraça entre todos os seres do Universo, porque usurpou a uma imensa maioria destes o direito moral e material da vida que a Natureza concede a todos os seres humanos em comum, pondo-o a serviço de uns poucos que se denominam os "privilegiados".

– O Estado, astuto – prosseguiu dizendo o Tempo –, vale-se de encruzilhadas e artes más para reduzir ao silêncio e à impotência os que se rebelam contra as suas instituições. Utiliza também a uns funcionários chamados sacerdotes, os quais cumprem o dever de adormecer as almas dos proletários, dos "sem nada", com o narcótico de uma substância bíblica; o Estado tem, para a defesa dos seus interesses capitalistas, gentes armadas. Os técnicos, os catedráticos, homens de ciência, de todas as profissões em geral, também se acham ao serviço do Estado e o defendem a capa e espada, porque, tal como os ministros, participam das prebendas subtraídas ao povo. Porém, há um setor entre os profissionais da pena ao serviço do Estado e das empresas, que é o mais desprezível de todos: é o jornalista. O jornalista – continuou o Tempo – põe a pena a serviço do que mais paga; molha sua pena no tinteiro de todas as insídias e compõe umas folhas, às quais dão o nome de "jornais". A dignidade, a honra e tudo o que há de bom no ser humano resulta sendo para o jornalista profissional de empresas algo assim como um jogo de palavras.

Calou-se o Tempo, como se estivesse fatigado pela sua longa peroração.

Eros reflexionava. Olhando com tristeza aquele montão de carne sem cérebro que tinha ante os olhos, abismou-se em profundos pensamentos.

No interior de um dos edifícios que se denominavam "fábricas", trabalhavam desesperadamente crianças, mulheres, homens, anciãos, todos eles roídos pela anemia e a tísica e um sem-fim de enfermidades que os iam consumindo paulatinamente. E a ciência médica, senhora do segredo de que todas estas enfermidades que aniquilavam a toda uma raça eram o produto e consequência da miséria e da imundície em que se desenvolviam estes párias, calava-se como uma prostituta subordinada pelo ouro estatal.

E aqueles infelizes de nada protestavam.

– Olha a classe proletária como vive – disse o Tempo a Eros.

– Estes párias não vivem – respondeu este. – São almas adormecidas, as quais é necessário despertar à força de grandes revoluções e sacudidelas violentas, para que aprendam a ouvir com os ouvidos da alma e a ver com os olhos do espírito. E só quando isso chegar é que se haverão libertado do jugo a que estão ungidos desde muitos séculos.

– Vai-te – ordenou Eros ao Tempo. – Já não te necessito.

E o ancião desapareceu.

Uma ternura, uma dor, uma angústia infinita invadiu o coração do deus do Amor. Quanta dor humana! Quanta miséria humana tinha ante os olhos!

Algo original, estranho, impetuoso, desgarrador cruzou pela alma de Eros, porque, subitamente, arrancando forças incríveis de todo o seu ser, pôs-se a gritar às multidões irredentas:

– Ouvi-me, almas adormecidas! Já é tempo de que o homem desperte de seu pesado sono social! Sim, despertai, proletários do mundo! Sabeis quem é o vosso inimigo mais terrível? Vosso inimigo mortal é o Estado: destruí-o. Ali onde termina o Estado começa a liberdade do homem. Destruí todas as instituições arcaicas e no lugar das mesmas construí outras novas que estejam mais em harmonia com a vida! Destruí todas as fronteiras políticas que os Governos traçaram sobre a Terra e universalizai vossa língua e vossos sentimentos patrióticos! Fazei da Terra uma só pátria! E, abraçados em universal abraço, ide rumo à conquista de vossas liberdades.

Mas o Estado, que tal como o povo escutava a enérgica arenga, vendo que as multidões se levantavam da gleba em sentido revolucionário, dirigindo-se aos proletários, lhes falou assim:

– Esse homem que acaba de falar é um falsário, um "perturbador da ordem", um agitador. Não o acrediteis. "Eu, o Estado, sou o povo", mantenho a ordem e distribuo equitativamente a justiça, a educação e o trabalho entre os cidadãos; a cada qual dou o que merece.

– O Estado – replicou Eros dirigindo-se ao povo, que continuava na mesma atitude revolucionária – mentiu-vos pela última vez. Disse-vos que "ele é o povo"; porém esse povo, do qual ele é o seu mais genuíno representante, não é o vosso, proletários. A quem representa o Estado, é ao "povo" dos banqueiros, dos capitalistas, dos grandes usurpadores, enfim ao povo da iniquidade. Destruí o Estado, proletários, se quereis ser livres!

As palavras revolucionárias, axiomáticas, do deus do Amor tinham caído como a força de um raio sobre o coração da "chusma", da "canalha", dos "miseráveis", no dizer dos poderosos.

E o povo, até então adormecido pelas sereias do Estado, ardeu em anseios revolucionários.

Já não eram escravos submissos, já não eram as "almas adormecidas", era, sim, um povo de proletários, aos quais o verbo rebelde, dinâmico, consciente, de Eros, tivera a virtude de fazer levantar a cerviz e olhar frente a frente os seus opressores.

– Queremos, exigimos liberdade! – gritou, finalmente, o povo em atitude decisiva.

E sobreveio a "chispada".
Era a revolução!
Hosana!!!
Cambaleava o Estado!

Juízes, advogados, ministros, imperadores, reis, todos correram em socorro do Estado ante um perigo tão iminente. Porém tudo foi inútil.

Coroas, cetros de ouro, potestades, papas, reis, ministros, instituições, tudo caiu rolando por terra ante a pressão sacrossanta da Revolução Social.

Afinal o Amor havia triunfado entre os homens. O bem havia vencido o mal. Bendita hora!

Não achas, leitor, que este conto ainda pode tornar-se história?

A Plebe, SP, nova fase, ano II, n° 61, 28 abr. 1934.

OS PARASITAS

Neno Vasco

Numa ilha fértil, solitária no meio de um grande mar, vivia uma família ociosa, bem nutrida e agasalhada, que se dizia dona e senhora de toda a ilha, proprietária das terras, casas, choupanas, arados, gado, tudo.

Para manter essa família na mandriice e na fartura, esfalfavam-se, desde manhã até a noite, meia dúzia de trabalhadores ossudos, sujos, tostados do sol, mal alimentados e mal abrigados, eles, suas mulheres e seus filhos. Só eles conheciam o seu trabalho, sabiam as épocas das semeaduras, os modos de cultivar as terras, o manejo do arado e de todos os instrumentos de trabalho, e eram eles que entre si combinavam e distribuíam as tarefas, ajuntando-se nas mais rudes, dividindo-se nas mais leves e curtas.

Quanto aos filhos do patrão, em vez de ajudar, como faziam os filhos e as mulheres dos trabalhadores, vinham estorvar e inquietar as pessoas e estragar as sementeiras. E o proprietário, então? Esse não fazia mais que vigiar os serviços, de mãos atrás das costas, dizendo de vez em quando, todo ancho e satisfeito:

– Ah! Se não fosse eu, como haviam vocês de viver?

E os pobres homens, muito humildes, respondiam, descobrindo-se:

– É verdade, é verdade: se não fosse o patrão que nos dá trabalho e nos sustenta, que havia de ser de nós?

Ora, um belo dia – belo no começo, feio depois –, o proprietário foi com a família toda dar um grande passeio pelo mar, na sua linda e veloz chalupa. E, tendo-se afastado muito da costa, sobreveio um grande temporal, que afundou a embarcação e afogou todos os que nela iam. Dias depois, os trabalhadores horrorizados encontraram na praia os cadáveres dos patrões, vomitados pelos vagalhões furiosos.

A princípio ficaram cheios de aflição e parecia-lhes que estavam ao desamparo. Mas os trabalhos não pararam. Acostumados a combinar e a distribuir entre si as tarefas, ajuntando-se nas mais rudes, dividindo-se nas mais breves e fáceis, os trabalhadores da ilha começaram a lavrar, a semear e a colher, a fiar e a tecer o linho e a lã, a criar o gado, a manejar o arado, a foice e o tear – e a terra continuou a produzir, os rebanhos a crescer e a multiplicar-se, o sol a brilhar sobre as searas.

Os trabalhadores não tardaram a reparar que tudo se fazia melhor do que antes, que já não tinham quem os estorvasse e vigiasse, que comiam melhor, andavam mais agasalhados e tinham melhor habitação e que podiam produzir mais e melhor. E por isso, no dia em que fez um ano que a tempestade os livrara dos patrões, quando palestravam sobre o caso e suas consequências, o mais velho disse tudo em poucas palavras:

– Que grandes cavalgaduras que nós éramos!

Assim dirão os teus iguais, quando se tiverem livrado dos amos, que, longe de serem úteis ou precisos, têm interesses contrários aos teus e aos dos teus irmãos de trabalho.

Os amos querem pagar de salário o menos possível, para ganhar o mais possível; e vós precisais de vos deixar roubar cada vez menos nos frutos do vosso trabalho – e isso só o conseguis associados, pois separados, desunidos, nada podeis.

Os amos têm interesse em haver muitos trabalhadores desunidos e muitos desocupados, para que as soldadas sejam pequenas; e vós precisais de trabalhar todos, e de estar unidos, para não haver quem tenha de aceitar uma côdea por qualquer escasso serviço que apareça.

Os amos, para vender caro e com lucro, precisam de refrear a produção das coisas, de reter, enceleirar, açambarcar os produtos, e até de os deixar apodrecer; e vós quereis satisfazer as vossas necessidades. Assim é que há tantas terras incultas, tantas máquinas inativas, tantos materiais desempregados, quando há tanta gente a sustentar, a vestir e a abrigar e tantos braços desocupados ou mal ocupados.

Vós fareis como os trabalhadores da ilha; mas não podeis, como eles, contar com uma tempestade providencial. A tempestade libertadora tereis de a preparar e fazer vós mesmos.

Tu e os teus iguais tendes de vos associar desde já, ainda que não seja senão para resistir à constante ganância dos amos, para estudar e defender os vossos interesses, para conhecer bem o vosso trabalho e as vossas necessidades, assim como o melhor modo de arranjar e combinar o primeiro e de satisfazer as segundas.

E assim, quando tiverdes a força e as capacidades necessárias, com a ajuda indispensável dos vossos irmãos das cidades, passareis a viver sem amos nem mandriões, e a arranjar tudo por vossas mãos e vossa conta.

A Plebe, SP, nova fase, ano III, n? 86, 13 abr. 1935.

NEGAÇÃO DO ESTADO
E DA ORDEM BURGUESA

A ESTRANGULADORA DE SEUS FILHOS

Pascual Guaglianone

Sois acusada de haver estrangulado a vossos três filhos – disse o juiz solenemente, enquanto se aconchegava em sua poltrona.
Um profundo silêncio reinou na sala.
Uma mulher de mais alta do que baixa estatura, de belo e negro cabelo, de bem conformado corpo, com um simpático semblante de palidez térrea, pôs-se de pé, e meio soluçando, assim falou:
– Sim. É certo, senhor juiz, que eu matei os meus três filhos, não o nego; porém, eu fui obrigada a isso pela miséria. Meu marido havia sido despedido da oficina por ter-se queixado do mísero salário que percebia, e, desde então, em parte alguma quiseram admiti-lo. Inútil que

abandonasse o leito antes de raiar a alva, inútil que andasse de manhã até à noite golpeando as portas dos patrões, inútil, inútil. – Uma manhã, a autoridade lançou nossos cacarecos ao meio da rua, porque não tínhamos podido pagar durante três meses o aluguel da choça que habitávamos: meu marido teve que levar-nos, a mim e aos pequenitos, a agasalhar-nos debaixo de um teto amigo. Três meses depois, a miséria golpeava fortemente a porta de nossa morada, e o pão faltava. Ele, meu companheiro de sofrimentos, saiu à rua e não voltou mais: havia ido roubar, e o reduziram à prisão. Então eu, a infeliz e miserável mulher do ladrão faminto, tive que lançar-me à rua e prostituir-me. Meus filhos necessitavam pão!... Porém, me vi rechaçada; meus anos me eliminavam do mercado da carne humana, e então fui pedir esmola. Uns vinténs, produto da caridade que implorava, me chegavam para comprar um pedaço de pão que, unido a um pouco de água, comíamos eu e meus três pequeninos. Isto era horrível! Isto era infernal! Via que meus filhos não tinham mais um farrapo com que cobrir suas carnes, via-os enfermos, anêmicos; recordava o seu pai e chorava, chorava...

Fazia já dois meses que o pão e a água eram o alimento forçado de meus filhos. Eu me encontrava exausta de forças e não podia mais pedir esmola. Ninguém nos daria o que comer!...

Recordei a morte, e a ela me decidi, acompanhando-me de meus três filhos, aos quais estrangularia; assim não sofreriam mais fome!...

Ali estão... estão dormindo... Ah!... chega o momento triste e fatal... devo estrangulá-los... Logo me enforcarei eu mesma... Vamos!... Porém, são meus filhos!... Não me atrevo... Ah!... Vamos!...

E então, senhor juiz, recordo vagamente que, um por um, depois de receber um beijo, o beijo apaixonado da mãe dolorosa, sofreram a frieza de meus dedos em sua garganta; que, um por um, fugiram deste mundo infame e miserável; que, um por um, senhor juiz, abandonaram sua única propriedade: a miséria... E quando eu ia segui-los, quando eu ia acompanhá-los, um infame derruba a porta e impede minha morte, ou, o que é o mesmo, o manto que resguardaria a meus pequeninos do frio final da vida...

E agora, senhor juiz, agora que deveis julgar-me como assassina de meus filhos, escutai bem e depois condenai-me à última pena.

– Quem entre todas as mães não prefere para seu filho a morte antes que a fome? Quem entre todas elas poderia friamente ver seus filhos alimentarem-se com pão e água, durante dois meses? Quem?...

Quem nesse caso mata, quem nesse caso assassina, quem nesse caso estrangula, escutai bem: não é a mãe; é a sociedade.

Senhor juiz, condenai-me à pena capital, porém recordai-vos de que *a estranguladora de meus filhos é a sociedade!*

O Protesto, RJ, ano I, n° 8, abr. 1900, e
O Grito do Povo, SP, ano I, n° 26, 1° maio 1900.

COMÉDIA EM UM ATO

Gil

O Estado está sentado em um trono feito de caveiras: empunha o açoite e tem na cabeça a metade de um boné vermelho e metade de uma coroa real. A decoração da sala é rica, mas estúpida... as paredes foram pintadas com sangue; ao pé do trono dorme um chacal que na coleira traz escrito: polícia.
Época, passada e presente.
A ação desenrola-se aqui e além.

Cena I

(*O Estado só.*)
Eu do alto deste trono em que me acho, empunhando o cetro que Deus me deu, dirijo ao

estalido da chibata esta humanidade estúpida e imbecil que para nada mais serve, senão para trabalhar e proporcionar bem-estar a mim e aos meus satélites.

Ah! quero desfrutá-la, quero tornar-me um Nero, um Júlio César, um Calígula, ou todos reunidos!

E quem me poderá impedir?

Pois não sou eu o senhor absoluto? A minha vontade não é inatacável? Quem é que ignora que tudo é meu, que tudo me pertence?

São meus estes montes, são minhas estas campinas, é minha aquela torrente, e é minha esta humanidade idiota com tudo quanto possui, e aqui ninguém tem o direito de viver sem o meu consentimento.

Cena II

(*Entra o Clero.*)

Estado: Quem és tu, oh luxuriento fantasma, que assim ousas vir à minha presença? Vens de alguma orgia, nesses trajes de dançarina grega e com esse pandeiro na cabeça? Diz-me, a que sexo pertences: és homem ou mulher?

Clero: Sou o teu braço direito. Sem o meu concurso, há muito que a tua soberania teria desaparecido, e tu para viveres terias que ir plantar batatas, como os demais.

Estado: Como assim? Chamo-me Estado.

Clero: Tu governas, porém sou eu quem atrofia as consciências e que as prepara a fim de que humildemente se submetam a serem governadas; para isso tenho espalhado sobre toda a superfície da terra milhões de aves negras, dignos discípulos de Loyola, os quais não obedecem senão às minhas ordens, e não fazem outra coisa a não ser catequizar a plebe para que se resigne a obedecer-te e cumprir à risca as tuas e as minhas ordens; como recompensa a essa obediência passiva, prometo-lhe a glória do além-túmulo, de onde ninguém poderá voltar para reclamar coisa alguma.

E quando alguém quer interpretar as coisas diversamente do que lhes ordeno, quando ousam falar em liberdade, igualdade, o punhal do sicário ou as fogueiras do S. Ofício sabem fazê-los calar para sempre.

Tu tens a força que te garante; mas ai de ti se ela compreendesse que não tem obrigação alguma de garantir o bem-estar de outrem, em detrimento próprio; se ela pudesse perceber que, enquanto te serve de guarda-costas, tu a exploras tanto quanto a plebe (pois que ela é composta na sua maioria de filhos do povo), abandonar-te-ia a ti e aos teus; descansa, porém, que aqui está o clero, pronto a impedir o desenvolvimento intelectual dos teus comandados.

Estado: E por que forma?

Clero: Por meio das escolas, das igrejas, dos missionários.

Nas escolas aproveitamos a infância que é fácil de dominar à vossa vontade: incutimos-lhe no espírito que deve obedecer a Deus, à Igreja e ao Governo e convencemo-la de que somos seus superiores, que nos deve obediência, que é por vontade de Deus que o mundo é feito assim, e que nós somos os enviados para guiar a humanidade no caminho do dever a fim de que esta possa alcançar o reino do céu.

Essa infância de hoje serão os homens do amanhã que, assim preparados pelo clero, continuarão a prestar-te homenagem e a julgarem-se tuas eternas bestas de carga; para que alguém não se desvie do caminho que lhe traçamos, temos as igrejas com os respectivos confessionários, por meio dos quais sabemos tudo o que se passa e podemos mandar para a fogueira alguma ovelha que entenda pôr o rebanho a perder.

Temos também um Deus bom, justo, caridoso, infalível, que tudo vê e sabe premiar e elevar ao reino dos céus, onde tudo é música, alegria e flores, os que sofrem com resignação as misérias desta vida. Além disso, o povo está convencido de que o nosso Deus também é perverso, sanguinário, mau, dinamiteiro, eterno foguista dos caldeirões dos infernos, onde se diverte a fazer ferver os que não seguem à risca o que lhes manda a santa madre Igreja, da qual sou ministro plenipotenciário, com carta-branca para, em nome de um Deus que não conheço nem desejo conhecer, podermos amordaçar as consciências, aterrorizar os fracos, supliciar os fortes, roubar os incautos, suprimir os sábios, estuprar menores e viver à custa de todos esses imbecis, que, com medo de ir visitar o nosso Deus foguista, fazem o que lhes mando, convencidos de ganharem o reino das glórias ou... da estupidez.

Enquanto isso, nós gozamos as delícias da terra e aspiramos a essência dessas beldades peregrinas, traídas pelos salmos cantados ao som das nossas vandálicas gargalhadas, ah! ah! ah! Isso até quando essas gargalhadas não se transformarem em riso macabro, enquanto as nossas caveiras não escarnecerem de nós mesmos.

Cena III

(*Os mesmos e um desconhecido.*)

Estado: Quem és tu, oh mísera lesma? Como te atreveste a sair da lama em que vegetas?

Clero: Sim, como conseguiste vir até aqui?...

Estado: Sem que a chibata do mordomo te retalhasse o focinho?

Clero: E o que é que queres?

O desconhecido fez uma reverência e inclinou-se até ficar de quatro para representar o que é.

Desconhecido: Trim-blim-blim, vai, vai, vai fechar. O burro é o azar. Última quinela! Atucha*, rapaziada! Quem mais joga, menos puxa! Olha o zerinho da Santa Casa... Ninguém ganhou. Atucha de novo, que esta não prestou. Trim, blim, blim... Ao tiro americano, sistema máuser, feito! Feito o joguinho do caipira, quem mais joga menos tira... Coragem, rapaziada! Quem não ganha trepa no pau da cocanha e desforra-se! Trim, blim, blim... vai, vai... Prepara... Fecha! Catatrai** fechoooo!

(*Dirigindo-se aos dois:*)

Reverenda Santidade... Sua Excelência o Estado...

Estado: Quem és tu, meu arlequim?

Clero: Quem és tu, meu arlequim?

Clero (*à parte*): Quem será essa ave?

Desconhecido: Ora essa! Querem ver que, apesar da minha popularidade, há quem não me conhece?

Pois eu sou o Bicho, o afamado Bicho, o digno continuador da vossa obra...

Tudo quanto tendes posto em prática não chega para reduzir à impotência os vossos súditos; isso de impostos, latim e benzeduras não chega. É necessário o joguinho do bicho; ele, sim, os depena às mil maravilhas: o bichinho im-

---

* Uma variante de "atochar". [N. dos Orgs.]
** Uma corruptela de "cacatraz". [N. dos Orgs.]

pede ao povo de fazer economias, torna-o vadio, velhaco, desmoralizado, perde o crédito, finta a Deus e ao diabo, empenha e vende o que possui, e, quando mais nada tem para jogar, vai aos quintais dos vizinhos e carrega o que lá encontra: roupa, lenha, galinha, tudo lhe serve; e nesse labutar constante não tem tempo de ver o despotismo dos governos, de ver o que fazem os representantes das nações, como se executam as leis e tantas outras coisas.

Já vedes, pois, que graças ao Bicho podeis dormir descansados, porque a maioria dos vossos súditos não tem tempo de sindicar o que fazeis, se está realmente separada a Igreja do Estado, como é que os padres se ocupam de política, por que é que os frades não pagam impostos para darem espetáculos no meio da rua, por que há tanta miséria, por que não há trabalho, por que há tanta ladroeira nos cofres públicos e os culpados passeiam impunes, e os presos em flagrante, réus confessos, são por fim despronunciados. Podeis dormir sossegados o sono da inocência, que o Bicho dá-lhes muito que fazer sem deixar-lhes tempo de se ocuparem de vós. O que eles querem e eu também é poder jogar mesmo nas barbas da lei!

Estado: Bravos! Venha de lá um abraço e podes jogar à vontade.

(*Abraçam-se os três.*)

Cena IV

(*Uma voz oculta, cantando:*)
A mísera plebe morre de fome,
por toda parte miséria e peste.
Além só se ouvem ânsias e gritos,
aqui só se vê o azul celeste.
(*Com ironia:*)
Oh! torpe matéria!...
se os triturassem qual pedra bruta
que foco de miséria
irromperia de tais almas corruptas!
(*Todos, assustados:*)
O que será isto?

CLERO: Ah! é a voz da igualdade que clama contra o nosso despotismo. Vamos, em campo! Todos os meios são bons para sufocá-la. Acendam as fogueiras, preparem os patíbulos!

(*Todos:*)
Vamos, vamos!
(*Saem de braços dados.*)
(*A mesma voz que se afasta:*)
Ah! Vida, vida, incendiada tragédia,
transfigurado horror, sonho transfigurado;
macabras contorções de lúgubre comédia,
que um cérebro de louco houvesse imaginado.
(*Desce o pano.*)

O *Despertar*, PR, ano I, n°. 4, 8 out. 1904.

PLACAS FOTOGRÁFICAS, 2

Photographo

Meio-dia. O céu pesado e sujo, como diz o Eça de Queiroz, traz umas promessas de chuva.

Ouvem-se toques de corneta e de repente o bumbum, sinal de que uma banda marcial vai encher os ares com o som de um dobrado. Abrem-se alas e começa a desfilar uma luzida força do exército. À frente o comandante, com imponência marcial, cavalgando um alentado cavalo negro, parece um rei de copas. Em seguida, vem a tropa rufando os tambores, talvez feito da pele dos patriotas imolados nos altares da pátria, e depois a banda que, ao calaram-se os clarins e tambores, atroa os ares com um trecho. Os músicos, com as bochechas inchadas, vão soprando como foles ambulantes e puxando o resto, uma porção de indivíduos odiosamente enfileirados, numa ordem artificial de autômatos com caras de alcoólicos.

Mas... ia esquecendo. Foi passando a tropa. Passa a primeira ala, o estandarte:

– Tire o chapéu. Não vê que é a bandeira, seu coisa – diz a um velhote um indivíduo que sobraça umas caixas de calçado.

– Não tinha visto.

– Pois é bom ver e sirva-lhe de lição. Diante da bandeira nacional um homem deve tirar o chapéu.

E coage-se um homem a tirar o chapéu diante de um trapo, que simboliza a miséria, a corrupção, enfim tudo o que é anti-humano.

Novo Rumo, RJ, ano I, n? 12, 20 jul. 1906.

O CULTO À PÁTRIA
(DIÁLOGO ENTRE UM TENENTE E UM RECRUTA)

O Desertor

TENENTE: Então, por três anos vocês servirão a pátria. Ontem, com todo o regimento, na presença do coronel, vocês juraram solenemente obedecer aos seus superiores, sem discutir suas ordens, marchar serenamente contra os inimigos externos e contra os internos, estar, em uma palavra, prontos em todas as horas a morrer pela pátria, pela ordem e para defender a propriedade.

RECRUTA: Senhor tenente, eu sou um trabalhador, só possuo, em nossa grande pátria, esta minha carcaça e aqueles trapos que ainda ontem me cobriam, e que me fizeram jogar fora para vestir este honrado uniforme; mas, para que meus compatriotas ricos possam aproveitar suas riquezas no ócio e em paz, e aqueles pobres saibam resignadamente sofrer sua miséria e trabalhar na calma fecunda, estou pronto, como me obriga a disciplina, a cumprir as ordens dos meus superiores.

– Animal!... Vejo que compreendeu bem e será um bom soldado. Aqui todos nós, oficiais, somos *inimigos dos antimilitaristas a ponto de considerar primeiro, absoluto e imprescindível dever de todo cidadão o cumprimento de suas obrigações militares, e julgamos detestáveis e indignos de falar de pátria os desertores e renitentes do serviço militar.*

– Sim, senhor tenente...

– Pois bem, *portanto*, hoje às duas horas você levará esta cartinha no endereço do envelope, mas preste muita atenção. Primeiro deve esperar que saia um senhor bem-vestido, de cartola; depois que ele sair, suba a primeira escada e toque a campainha. Uma moça loura abrirá a porta; você deverá entregar-lhe o bilhete e voltar para o quartel.

– Mas... mas, senhor tenente, para servir a pátria é preciso também fazer as vezes de alcoviteiro?...

– Imbecil, idiota, bandido! Você entendeu? Fiquem em posição de sentido. Com essas teorias, vocês acabarão presos ou fuzilados. Não avisei que as ordens de seus superiores são sagradas, e que é crime querer discuti-las e compreendê-las? Hein, seu pedaço de burro?!

— Mas, senhor tenente, a pátria deve ser defendida com armas, e não com cartas de amor...

— Sargento, leve este animal para a prisão, ele se recusou a fazer a *corvée** que lhe ordenei. Não é verdade? O senhor também não viu?...

SARGENTO: Sim, senhor tenente, vi e ouvi tudo, ele se rebelou às suas ordens, e dirigiu-lhe ofensas.

TENENTE: Pois bem, estamos entendidos, preparem aquele animal para o conselho de guerra. Com alguns anos na prisão, aprenderá a servir a pátria.

(*O soldado na prisão:*)

— Na minha grande pátria não possuo nada, e até agora sempre trabalhei... e que trabalho era o meu! Entrava às 6 da manhã na fábrica e saía às 8 da noite para ganhar duas liras. No outro ano, com os meus companheiros cansados de uma vida de esforços estúpidos e de misérias inauditas, declaramos greve para tentar melhorar as nossas condições, mas vieram os soldados e atiraram contra nós; seis de meus companheiros foram mortos, uns vinte foram feridos, e eu e muitos outros fomos condenados a vários meses de reclusão.

Agora sou soldado, jurei matar os meus companheiros de miséria que entrassem em greve e perturbassem as farras dos ricos, e defender a pátria do estrangeiro mesmo que seja um sem-

---

* Em francês no original. Em português, corveia. [N. dos Orgs.]

-casa, um sem-nada... E meus superiores ainda não estão contentes. Se obedeço simplesmente, sou um estúpido; se me recuso a servir de alcoviteiro, vou para a cadeia...

Estou mesmo bem arranjado, mas, se sair daqui, juro!, vou deixar que os que possuem a pátria se encarreguem de defendê-la e de servir de alcoviteiros para seus defensores remunerados.

La Battaglia, SP, ano III, n? 125, 9 jun. 1907.

MALUQUICES

Um grupo de alienados

A nacionalidade é uma ficção absurda e perigosa. A ideia patriótica e a ideia religiosa são superstições inventadas para conduzir a vontade do povo.

O que é uma bandeira? Um farrapo. Ideia dum homem. Obra de um homem. Trapo colorido por meio de combinações químicas.

Auriverde, azul e branca, alvirrósea ou rubro-negra, segundo a vontade dos maiorais da pátria, *temos todos nós* que aceitá-la como símbolo de que não partilhamos, venerá-la como um ídolo sagrado e único. *Encarnação mais que perfeita do solo que nos viu nascer...* no qual sempre estamos isentos de arrastar uma vida de baixezas e privações...

É dever de todos erguer-se e descobrir-se à passagem da bandeira!

Bela patada, não acham? Como se concebe esse dever, essa obrigação, essa imposição disfarçada, se a ultracomicíssima Constituição da República nos *assegura* a liberdade de pensamento?

Ora, bolas... senhores *patriotas*!

Patriotas? Que dissemos nós?!... Pode lá haver patriotas, se há na vida humana um choque formidável de interesses, uma confusão latente de transações, um *vaivém* ininterrupto de *venha a nós*, um contraste flagrante em tudo o que se nos depara à vista e à imaginação? Se todos, nacionais e estrangeiros, estão à mercê dessas determinantes do atual estado de coisas?

O que há não é patriotismo, propriamente dito. Há, sim, a necessidade de segurança dos bens da classe alta e uma falta demonstrativa de raciocínio apurado, no gentio apalermado e infantil que compõe a classe baixa.

A idolatria não é senão um estado mórbido de compleições místicas. Logo, se a bandeira – como as imagens religiosas etc. – é um ídolo, o que vêm a ser os que a idolatram?

Se a bandeira içada nas fachadas dos edifícios públicos e particulares, em dias feriados, é tão brasileira, tão nacional como a dos batalhões, por que motivo há de a gente levantar-se e descobrir-se à passagem da bandeira, e não quando passa pela bandeira?

Pobre homem! Caricata *besta humana!*...

Há fome e prantos pelo Brasil afora. Filhos do país na maior miséria, sem comer e sem domicílio, fazem-se mendigos, vadios, gatunos, morrem de inanição ou se suicidam.

E não há coisa melhor do que ser brasileiro!

Lá no Norte – há quantos anos, desde quando? –, a fome e a sede no afã patético de exterminar milhares de criaturas úteis para a vida.

Cadáveres humanos e de animais eram devorados – e sê-lo-ão ainda, quem sabe? – pelos sertanejos famintos. Águas apodrecidas eram tragadas...

E não há coisa melhor do que ser brasileiro!

Operários nacionais explorados por estrangeiros, no comércio, na indústria, na agricultura etc. etc., e, enquanto estes enriquecem fabulosamente, aqueles não passam de reles proletários, quase sempre a braços, em grande número, com a falta de quem lhes queira dar trabalho, muitos deles com família e sem crédito algum... porque são pobres...

E não há coisa melhor do que ser brasileiro!

A luta do Contestado, onde as maiores monstruosidades foram praticadas pelas forças federais, contra ignorantes e indefesos mambiras, vítimas da sanha política dum bando de magarefes; do governo que lhes roubou as terras que lhes haviam sido dadas, para vendê-las a um sindicato estrangeiro, e daquela tão ridícula quão caprichosa questão de limites entre Paraná e Santa Catarina.

E não há coisa melhor do que ser brasileiro!

Há uma enorme dívida externa a pagar. Tiram-se, para isso, uns tantos por cento do ordenado dos pequenos empregados do Estado, criam-se novos impostos – não sobre o álcool, o fumo, a seda etc., não, mas sobre aquilo de que mais precisa o povo –, quando existem no Brasil milionários e até multimilionários, brasileiros, que lhe podiam saldar esse vergonhoso compromisso.

Um deles é o senhor Rui Barbosa, multimilionário, que se limitou a fazer uma conferência em Buenos Aires...

E não há coisa melhor do que ser brasileiro!

Brasileiros que vivem na opulência, desfrutando de tudo quanto é belo e indispensável à vida, e brasileiros que passam uma vida de cão, morando em choupanas infectas, sem muitas vezes ter um pão para dar ao filhinho estremecido que lho pede banhado em lágrimas.

Brasileiros, senhores? Brasileiros, escravos? Uns morrendo de fome, outros de indigestão.

E não há coisa melhor do que ser brasileiro!

Estás doente? Aqui tens a Santa Casa. És mendigo? Ali tens o asilo. Dormes na rua? Tens, além, aquela outra infâmia que é o Albergue Noturno. És ladrão? Assassino? Vadio? Sem que sejas responsável do teu crime? Lá está a cadeia, onde vão perverter-te ainda mais.

E não há coisa melhor do que ser brasileiro!

Conclui-se então *que não há coisa pior do que ser burro!*

Guerra Sociale, SP, ano II, n.º 32, 1.º set. 1916.

O DESERTOR

Astrojildo Pereira

O heroísmo das batalhas é um heroísmo secundário, de matar para não morrer, de matar e morrer porque lhe ordenam matar e morrer.

O desertor é um homem infinitamente mais heroico que o soldado, ex-homem fardado, que a máquina da guerra transforma, aniquila, absorve. Veja-se a diferenciação essencial e absoluta que separa o operário do soldado. O operário, diante da máquina da indústria, é o mestre, é o músculo consciente, é o cérebro: domina-a, guia-a, subjuga-a, com o fim criador da produção, que é a vida.

O soldado, diante do canhão, é por este empolgado, assimilado, automatizado, desumanizado, com o fim guerreiro da destruição, que é a morte.

Ora, o desertor é um homem que não quer ser soldado, que não quer desumanizar-se, que quer continuar a ser homem. E é mais heroico do que o soldado, porque não quer deixar de ser o que é, defendendo a sua personalidade, a sua qualidade de homem contra a sociedade inteira, que o condena, do seu preconceito e feroz ponto de vista legal.

A lei pode fuzilá-lo: fuzilará um homem que a afronta, ele só, sem atitudes para a glória dos bronzes, com uma coragem simples e altíssima, com o supremo e abnegado heroísmo de quem se sabe fatalmente vencido sem esperança de nada – maldito, execrado, difamado, mas apesar de tudo, contra tudo, afirmando integralmente o seu eu.

A Plebe, SP, ano I, n° 4, 30 jun. 1917.

NA CRETINOLÂNDIA

Lanceta

Houve, não em era muito remota, um povo que habitava um magnífico e resplandecente país. A vegetação luxuriante que cobria eternamente grande parte desse verdadeiro Éden atestava de uma maneira cabal que a fartura existia nessas paragens; era essa, pelo menos, a impressão que tinha o viandante que bordejasse em algum navio a imensa costa desse grande país, que tinha uma superfície de mais de oito milhões de quilômetros quadrados e era habitado por uma população de vinte e cinco milhões de almas.

Todo esse bom conceito, porém, se desvanecia como fumo, assim que o viajor pisava em terra. Nesse país existia a fome tantálica, uma espécie de fome que não se encontrava em outras regiões porque os naturais morriam à míngua em frente dos armazéns abarrotados de comestíveis.

Nos cais se apinhavam sacas e sacas de açúcar, de feijão e de outros gêneros alimentícios, que eram exportados para o estrangeiro por um preço baratíssimo. Dentro do país esses mesmos gêneros custavam três vezes mais do que o preço por que eram vendidos para o estrangeiro. Enfim, o que se passava nessa região privilegiada do globo era fantástico, absurdo, inconcebível.

Mas o mais interessante era a organização social desse povo. O sistema que o regia era o democrático (o governo do povo pelo povo), mas o povo só era soberano para apanhar grossa pancadaria, quando por acaso, o que sucedia raras vezes, protestava contra as iniquidades dos governantes. Tinha muitas leis, leis *sábias*, entre elas duas de grande importância, a *lei da rolha* e a *lei dos dois pesos e duas medidas*. A liberdade só existia para certas castas do país, sendo-lhes permitida a liberdade de avançarem no erário público e de roubarem votos para serem eleitas *pais da pátria*, uma espécie de dignidade, muito pouco digna por sinal, em que se aquinhoavam alguns contos de réis, a título de subsídio, apenas com a condição de os eleitos dizerem que não havia fome no país.

Os parasitas neste país de que vimos falando eram aos milhares, que se dividiam em diversas classes: empregados públicos, senadores, deputados, oficiais de diversas cousas e loisas. Os empregados públicos, por patriotismo, não trabalhavam, iam para a repartição, faziam a lista do *bicho*, um jogo muito interessante e existente nessa região tão encantada quanto misteriosa.

O viajante de cujas memórias extraímos estes apontamentos, vendo tanta anormalidade, tanta burrice, tanta estupidez nos naturais desse país, que não se revoltavam contra tanta tirania, o crismou de *Cretinolândia* (o país dos cretinos).

Sempre existe e tem existido cada coisa por este mundo! É caso para perguntarmos aos nossos botões: mas por que não se revolta esse povo contra tanta infâmia, contra tanta falta de respeito pelos seus direitos, contra tanta injustiça acumulada?

Mas que mania tinha essa gente de deixar-se morrer à míngua em frente dos armazéns repletos de alimentos!

Hoje, em nenhum país que se preze de civilizado, tal aconteceria, porque o povo daria um assalto em forma aos tais armazéns e acabava por uma vez com os açambarcamentos que neste país a que nos vimos reportando, seguindo os apontamentos do viajante a que acima nos referimos, eram feitos por uma matula de desalmados comerciantes, que era quem na verdade governava essa nação, vivendo *à la godarça*, de conluio com meia dúzia de patifes.

Mas os infelizes habitantes dessa região tinham sangue de barata nas veias! Que infelicidade!

Guerra Sociale, SP, ano III, nº 57, 26 ago. 1917.

A NOSSA EXPULSÃO
APONTAMENTOS PARA A HISTÓRIA DAS INFÂMIAS BURGUESAS

Florentino de Carvalho

Às nove horas da noite de 14 de setembro de 1917, descíamos pela ladeira do Carmo, eu e o companheiro Evaristo Ferreira de Souza, quando, de improviso, fomos assaltados por um grupo de "secretas", que se lançou sobre nós em atitude ameaçadora, à voz de "estejam presos".

Sem mais delongas, os esbirros conduziram-nos à Central de Polícia. Durante o trajeto, eu, que vinha de há muito tempo padecendo de uma grave enfermidade, adquirida nas prisões da Argentina e de São Paulo, por lutar pelos ideais de emancipação humana, disse com os meus botões: "Desta vez vou visitar o Padre Eterno"...

Chegados aos calabouços da Bastilha da *capital artística*, fomos despojados de todos os nossos haveres: dinheiro, joias, documentos etc. como na Calábria, em tempos que todo o mundo sabe. Até a gravata me foi arrancada... para testemunho da honestidade dos encarregados da defesa da vida e da propriedade dos cidadãos.

Não tendo outro conforto senão o frio chão e o teto úmido da solitária em que nos puseram incomunicáveis, passamos a noite tiritando... batendo os dentes.

Ali foi-nos aplicada uma *dieta*... rigorosa, porquanto só no dia seguinte, cerca das quatorze horas, é que nos trouxeram uma marmita com um pouco de feijão malcozido, umas colheres de arroz e um bocado de carne que nem os cães a poderiam tragar.

À noite, a ambulância transportou-nos ao posto policial de Vila Mariana, onde encontramos os camaradas José Fernandes, José Lopes, Candeias, Antonio Nalepinski e um operário alemão, cujo nome não me ocorre agora.

Como não tivéssemos recursos para pagar a identificação, fizeram-nos isso gratuitamente, sendo as nossas impressões digitais e fotografias tiradas como se fôssemos criminosos vulgares.

Os calabouços do posto de Vila Mariana, em que nos internaram, eram verdadeiras enxovias, sem janela alguma, e de tal modo glaciais e tétricas que, para evitar um pouco a umidade, colocávamos os pés sobre os pratos e as marmitas que havíamos utilizado na refeição.

À porta do meu cubículo, um esbirro e espião dizia:

– Vocês vão ver agora quanto é bom ser anarquista!

Quando o relógio bateu meia-noite, foram-nos ali buscar ambulâncias fechadas, que nos conduziram pela estrada do Vergueiro, escoltados por uma turma de policiais.

Assim, sem saber para onde íamos, atravessamos a serra de Santos, chegando à vizinha cidade às seis horas, onde as autoridades locais nos receberam com muita "cortesia" e "delicadeza", atirando-nos às prisões de Vila Matias, que são também pouco recomendáveis: as portas, de grades de ferro, permitem que penetre a intempérie; o pavimento é de mosaico e a umidade abrange todas as paredes.

Dentro dos próprios calabouços estão as privadas que exalam um fétido insuportável.

Durante os oito dias em que eu e Nalepinski ali estivemos juntos, dormimos de pé, encostadas as espáduas um ao outro para podermos transmitir mutuamente um pouco de calor e suportar o frio e a umidade que pareciam dilacerar-nos as carnes.

Quanto à alimentação, aquela semana foi uma verdadeira quaresma. Ao meio-dia traziam-nos os soldados uma marmita de arroz e feijão e algumas batatas; e às dezessete horas davam-nos uma caneca com um chilro de água suja, à qual, por ironia, cognominavam de café. Distribuíam também a cada preso um pão do tamanho de uma castanha, e com toda aquela miséria passava-se até o dia seguinte.

A incomunicabilidade continuava rigorosa; não se podia falar nem sequer com os guardas. Apenas duas vezes tive ocasião de falar com o dr. Bias Bueno, que se dignou fazer-nos uma visita. Diante do meu aspecto de enfermo, o delegado perguntou-me:

– O senhor está doente, não é verdade?

Mas nem por isso modificou para melhor o mau tratamento de que fui vítima.

Na noite do quinto dia fui conduzido à presença do mesmo carrasco policial, que nesse momento procurou dissuadir-me, com patéticos conselhos, inspirados no mais profundo cretinismo, de continuar a lutar pelo Ideal Libertário, dizendo-me ao mesmo tempo que, se tinha alguma coisa a declarar e se queria escrever ao secretário da Justiça ou ao presidente do Estado, podia fazê-lo porque... ainda era tempo.

Compreendi logo que as autoridades paulistas ter-se-iam conformado com um documento, no qual eu manifestasse um pouco de humilhação ou, ao menos, uma vaga promessa de não mais cometer o pecado de propagar as reivindicações dos escravos modernos, os princípios basilares do anarquismo. Com essa concessão, eu seria restituído à liberdade.

Não o quis, porém. Respondi negativamente, frisando que nada tinha a declarar...

– Veja, senhor Primitivo* – insiste o esbirro –, cada qual deve tratar de si. Eu também sou libertário; mas já vê (e bate com as mãos no abdômen), já vê que é preciso tratar da vida...

– O doutor deve compreender – retorqui – que o homem não tem somente estômago, tem também faculdades morais, idealismos, e em primeiro lugar deve manter sem mácula a sua dignidade...

Três dias depois, eu e os companheiros José Fernandes, José Lopes e Zeferino Oliva éramos transportados em automóveis para o cais, onde nos encontramos com Virgílio Fidalgo, José Sarmiento e Francisco Chico, que haviam sido presos, mais tarde, ao tratarem de impetrar um *habeas-corpus* em prol da nossa liberdade.

Sem mais delongas, uma lancha conduziu-nos a bordo do navio-fantasma *O Curvelo*, sendo depois encerrados num camarote de terceira classe.

Finalmente, a nave zarpou, levando a um destino para nós ignorado e sem que pudéssemos enviar ao menos às nossas famílias, que ficavam no abandono e na penúria, um saudoso adeus de despedida...

A Plebe, SP, ano II, n? 4, 24 maio 1919.

---

* Trata-se de Primitivo Raimundo Soares, nome real de Florentino de Carvalho. [N. dos Orgs.]

IMPOSSÍVEL

José Oiticica

Faz três dias, encontrei-me, por acaso, com um cocheiro, conhecido velho, ainda renitente na aceitação das ideias libertárias. Era na rua do Rosário, defronte de um tabelionato. Aproveitei o acaso para dar-lhe uma lição prática e decisiva.

Disse-lhe eu: "Sabes o que é aquilo?"

– É um cartório.

– Pois atravessemos e postemo-nos à porta.

Dito e feito. À mesa mais próxima da rua um tabelião, dos velhos, recebia, de uma chusma de clientes, folhas de papel, escritas e assinadas. Eram documentos, iam a reconhecer as firmas.

– Quantas horas trabalhas tu por dia? – perguntei ao cocheiro.

— Trabalhava dez e doze, ou mais, conforme o serviço. Agora, com as greves e as reclamações, trabalho ora oito, ora dez.
— Quanto ganhas no teu caminhão?
— Ganho seis mil-réis por dia.
— E que serviço está fazendo aquele velho?
— Está reconhecendo firmas.
— Este serviço produz alguma coisa útil à humanidade?
— Sei lá!
— Pois eu sei. Não produz nada real para bem dos homens: pelo contrário, aquele velho está causando grande mal, está servindo à classe dos possuidores, dos que se assenhorearam da Terra, dos que se arvoraram em donos, dos exploradores, em suma. O mister daquele velho é impedir que os possuidores se roubem uns aos outros e se deixem expropriar pelos não possuidores, isto é, pelos verdadeiros trabalhadores. Não achas que o trabalho desse tabelião era vantajosamente evitável?
— Pode ser que sim.
— Responde-me agora: qual dos dois serviços é mais útil, o teu ou o daquele velho?
— Ah! certo que o meu.
— Pois repara bem no quanto ganha o velho.

E o cocheiro viu, a cada firma reconhecida, a cada minuto de trabalho improdutivo, corresponder, para a gaveta já recheada do sevandija, uma nota de mil-réis.

– Repara bem – prossegui: – tu recebes dez tostões, quando muito, por uma hora de serviço pesadíssimo e útil à sociedade; aquele velho recebe dez tostões por um minuto de serviço insignificante e prejudicial. Dize-me agora: sabes de onde vêm os dez tostões que recebe aquele velho?

– De nós todos.

– De nós todos é um modo de dizer. Aqueles dez tostões representam riqueza, e riqueza cria-se com trabalho útil; logo, aquele dinheiro provém, todo, dos verdadeiros trabalhadores. Está vendo um falso serviço remunerado principescamente à custa dos verdadeiros serviços.

Tu te levantas às quatro e às cinco da manhã, e o velho às nove ou às dez. Moras num cubículo, tu com a mulher e os filhos, e ele mora numa casa confortabilíssima, com três ou quatro criados de servir. Compreendes a injustiça da organização social?

– Sim, senhor, estou compreendendo muito bem; mas isso não tem remédio, ou o remédio está no anarquismo.

– Há de estar, por força, na Igreja Católica Romana.

– A religião, pelo menos, consola a gente.

– Pois então vai-te consolando.

E despedimo-nos. Ora, aconteceu que esse proletário foi, à noite, à sociedade dos cocheiros. No meio da sessão, apareceram delegados do partido católico romano. Iam falar aos operários sobre a questão social. Eram da falange organizada e capitaneada pelo Monsenhor Rangel, feito apóstolo da redenção social, por obra e graça da Santa Madre Igreja.

Um dos emissários discursou mostrando ser a crise humana consequência necessária da falta de religião dos trabalhadores. A única salvação possível estava no acordo entre operários e patrões dentro dos preceitos da Santa Igreja, compendiados por Leão XIII, na famosa bula *De Rerum Novarum*.

Os trabalhadores tinham mil razões, eram explorados, vilipendiados, escravizados. Para defendê-los, a Igreja, mãe dos pobres e dos aflitos, abria os braços promissores e se esforçaria por agregar a todos dentro dos preceitos evangélicos.

Voltassem os trabalhadores os olhos para a cruz, que o Salvador dos homens era Jesus Cristo, morto para nos salvar.

Acrescentou, ou devia ter acrescentado, que a recompensa verdadeira dos trabalhos e padecimentos desta vida não está na Terra, mas no Céu; que os exploradores de hoje, os ricos, os potentados, esses vão, quase todos, para o Inferno, conforme anunciou Jesus Cristo (história do camelo pelo fundo de uma agulha); e que os humildes, os pequenos, os oprimidos de hoje, esses hão de ter, depois da morte, o reino celestial. Por isso, os trabalhadores devem ser humildes, obedientes, respeitadores das leis, dos seus patrões, do clero; importa muito que repilam do seu meio os demagogos, os revolucionários, os propagadores de ideias novas, sobretudo os anarquistas, esses monstros incendiários, envenenadores, estupradores... e o mais que já se sabe.

A assembleia ouvia aquilo estatelada. Infelizmente, havia vários anarquistas que apartearam o orador e, terminada a arenga, surgiu o operário Antônio Pinto a refutar o orador romano.

Esse operário, bom trabalhador da grande causa, disse aos seus infortunados companheiros o que lhes cumpria ouvir: que não é possível ao trabalhador de hoje confiar na sinceridade, muito menos na proteção da Igreja Católica Romana ou de qualquer outra seita religiosa.

Por quê?

A explicação é simples: as formigas não defendem o tamanduá que as come, defendem-se a si mesmas; a raposa não agride as demais raposas para salvar patos e galinhas; o capitalista, o agiota, o usurário não se vai inimizar com seus colegas financistas em favor dos pequenos possuidores ou dos não possuidores cujas riquezas eles açambarcam por qualquer meio.

O interesse das formigas é contrário ao interesse do tamanduá, o interesse das galinhas é oposto ao das raposas, o interesse dos argentários é adverso aos interesses dos trabalhadores.

Ora, a Igreja é capitalista, proprietária, açambarcadora: logo, os interesses dela são contrários, opostos e adversos aos interesses dos trabalhadores.

Para que as formigas confiassem no tamanduá, era mister fazer-se o tamanduá formiga; para que as galinhas confiassem na raposa, era preciso verem-na galinha; para que os trabalhadores confiem na Santa Madre Igreja, é de todo imprescindível que a Santa Madre Igreja, isto é, seu papa, seus cardeais, seus bispos e arcebispos, seus padres e monsenhores, seus cônegos, seus frades, suas freiras se façam trabalhadores.

Foi o que resumiu o operário Antônio Pinto nesta frase dura mas profundamente característica: "Só acreditamos nos bons serviços da Igreja Católica Romana, quando o senhor Cardeal e seus subordinados vierem para a boleia de um caminhão."

No dia seguinte, encontrei o cocheiro amigo na mesma rua do Rosário. Ele me foi dizendo alvoroçado: "Agora sim! compreendi tudo muito bem aquele repetidíssimo aforismo de que *a emancipação dos trabalhadores há de ser obra dos mesmos trabalhadores.*"

E me contou que, enquanto o seu colega rebatia o orador católico, ele foi pensando no velho tabelião, no trabalho dele e na injustiça formidável do seu ganho.

Insensivelmente, entrou a meditar nos serviços prestados pelo clero e na imensa riqueza da Santa Igreja. Os tais serviços nada tinham de real ou sequer de útil, porque ninguém vive de água-benta, missa, confissões, batizados, rezas ou bentinhos... exceto os mesmos padres. Quanto à salvação das almas, é uma cantiga milenar, ou, quando muito, hipótese a rever depois de emancipado o homem socialmente.

Os sacerdotes, pois, vivem como vive o tabelião, usurpando com o seu trabalho falso o trabalho verdadeiro dos proletários. Para merecer confiança dos trabalhadores, a Igreja deve antes de tudo fazer duas coisas: primeira, restituir aos trabalhadores o patrimônio eclesiástico; segunda, obrigar o clero inteiro a exercer uma profissão produtora de riquezas e não aceitar um vintém pelos serviços religiosos.

Mas isso é... impossível.

Liberdade, RJ, ano III, n? 31, jun. 1919.
O conto tem subtítulo: "Rejeitado pelo
Jornal do Brasil".

MORAL ANARQUISTA

LIVRE AMOR
(DIÁLOGO ENTRE OPERÁRIOS)

J. Lleros

— Olha quem eu vejo! o Luís !... Então como vai isso?

— Sempre na mesma, amigo Joãozinho, todos os dias em luta pela vida. E tu?

— Enquanto for assim, não me queixo.

— Ah! sim! tu és dos que se contentam com pouco... A propósito: tens lido os jornais?

— Sim... E já que falas nisso, muito obrigado.

— Obrigado, por quê? Não devemos nós divulgar o mais possível as nossas ideias? Satisfiz apenas uma necessidade e não mereço portanto agradecimentos. Mas que te parece o que leste?

— Não digo que na maioria as tuas ideias não sejam aceitáveis... Mas há cá uma coisa que não me entra na cabeça...

— Qual é?

— Aquela história do *amor livre*. Não, aquilo é que eu não posso aprovar. E até estou mais do que convencido de que, se os anarquistas se decidissem a pôr de parte essa questão, teriam muito mais aderentes à sua ideia.

— Pode ser; mas, olha, a nós não nos importa o sermos muitos, quando não sejamos verdadeiramente conscientes da ideia que abraçamos. Mais do que o número dos aderentes, olhamos a formação das suas consciências, convencidos de que quando um chegou a compreender inteiramente a missão que escolheu vale mais que vinte que só a compreenderam até meio... Mas voltemos à questão. Tu dizes que não aprovas as nossas teorias a respeito da *união livre*, e isso significa que não compreendeste todo o lado altamente moral da nossa afirmação.

— Moral?! Mas tu não vês que o vosso amor *plural* é o non-plus-ultra da imoralidade, é a prostituição legalizada?

— Amor *plural*! Prostituição legalizada! Mas quem te disse tal? Ora vamos! Falemos sério: deixa esses palavrões e verás que a família, como está hoje constituída, é um foco de imoralidade, incompatível com o nosso título de *animais racionais*. Que a união íntima de dois seres de sexo diverso seja uma necessidade, não o discutamos; mas esta união sexual torna-se imoral e detestável quando não tenha por *único* motivo o amor, a afeição entre dois seres. Se a dois jovens, que se uniram, vem a faltar a afeição recíproca, devem pôr ponto final nas suas relações íntimas, que se tornaram imorais, antinaturais...

E agora repara como se forma e como atua sobre os indivíduos a família atual. Chegado à puberdade, o jovem começa a *caça* entre as moças da sua idade, até achar a que melhor corresponda aos seus gostos. Achada ela, começa o período do amor, como eles lhe chamam, e que não é senão uma série de ficções e de subterfúgios próprios para mascarar completamente o caráter próprio procurando apenas dar *prazer* à futura esposa. Nada que possa mostrar os hábitos íntimos; pelo contrário, os dois noivos procuram esconder um ao outro os seus defeitos. Não é verdade?

– Sim; não digo o contrário.

– Portanto sucede que, na quase totalidade dos casos, os dois jovens casam sem conhecer o caráter um do outro. Nada mais natural então que passada a *lua de mel*, por causa da convivência quotidiana, a mulher, por exemplo, descubra no homem um caráter em contradição com o seu. A incompatibilidade gera primeiro um esfriamento da afeição, depois brigas e questiúnculas, por fim o ódio velado e mal reprimido. E a mulher, perante a realidade das coisas, maldiz no seu íntimo o momento em que se fez escrava daquele homem.

Parece-te então justo que pela vontade de qualquer magistrado civil ou religioso deva essa mulher passar toda a sua vida entre amarguras e desprazeres e seja condenada a *prostituir-se* constantemente ao homem que não ama? Essa mulher que continua a submeter-se ao jugo conjugal, sem amor, prostitui-se, cumpre um ato imoralíssimo.

E ela, sentindo-se no seu pleno direito de se abandonar a uma satisfação natural com a *pessoa amada*, deixa o teto conjugal e o homem não amado, então eis que se insurge contra ela toda a opinião pública, sem contar que a lei concede, digamos assim, ao homem a faculdade de matar tranquilamente a mulher infiel (?). Aí tens, amigo João, o verdadeiro foco de imoralidade, a prostituição legalizada.

– Creio que tens razão. Mas como evitar essas coisas?

– Como evitá-las? Com a *união livre*, meu caro! Quando os homens tiverem compreendido que é uma infâmia sancionar com indissolúvel nó um ato natural da vida, pois que ninguém pode garantir a si próprio ou a outros contra as exigências do futuro, quando a nossa ação moralizadora tiver convencido os homens de que o amor incondicional entre dois seres deve ser o único laço de união, quando o homem ou a mulher tiverem plena e ampla liberdade de abandonar o teto conjugal, se morreu a afeição, quando enfim dois jovens decidirem unir-se sem esperar a licença dum padre ou dum magistrado qualquer, então a questão da família poderá desenvolver-se num ambiente mais belo e moral; então cessarão as injustiças que resultam da família atual.

– Tens razão, Luís... Não tinha ainda compreendido.

O Amigo do Povo, SP, ano II, n.º 44, 27 dez. 1903.

O QUE DIZEM AS MÁQUINAS

F. Pi y Arsuaga

O carvão em brasas crepita no forno; ferve borbulhante a água na caldeira; o pistão comprime o vapor; o pistão empurra a manivela; a manivela movimenta o eixo, faz girar o poderoso volante, e, enquanto a máquina ruge como um cansado monstro, a correia sem fim põe em movimento outros eixos e outras rodas, outras correias e outras máquinas. A indústria marcha, a produção aumenta, o operário trabalha.

Como é belo o poder da inteligência humana! À sua invocação o movimento se multiplica e surgem o calor e a luz.

Mas, ai!, a máquina ainda pode dizer ao operário:

– Não te orgulhes. Em nada te diferencias de mim. Instrumento de trabalho como eu, teu estômago, assim como meu forno recebe o carvão indispensável, só recebe o alimento estritamente suficiente para que continues a desempenhar tua função mecânica. Sou um instrumento mais valorizado que tu, porque és mais abundante e custas menos. Quando me desgasto, me substituem; quando te desgastas, te abandonam. É a mesma coisa; não a mesma coisa, pior; porque tua única vantagem, tua inteligência, converte-se então em desvantagem; a consciência de teu valor passado será teu tormento. Tu, como eu, produzes, produzes, como eu, para os outros, não para ti. Juntos construímos fortunas que te pertencem e que jamais desfrutas. Operário: apodera-te de mim; arranca-me dos braços do velho capital; teu matrimônio comigo é tua única salvação. Deixa de ser instrumento para que o instrumento te pertença. Te quero amo, senhor, não companheiro. O capital me explora, só tu me fecundas. Só a ti quero pertencer.

O Chapeleiro, SP, ano I, n. 4, 1º maio 1904.

CONTO EXTRAORDINÁRIO

Gigi Damiani

Falava o espírito pela boca do *médium*:
– Quantas milhas fiz eu correndo sempre... com aquele pesado saco de moedas ao ombro? Quantas?

Não me lembro, não sei. Vi por duas vezes o sol descer atrás dos montes – disto me lembro perfeitamente –, por duas noites ouvi risadas sinistras dos chacais nas florestas. Mas eu temia as feras... temia os ladrões... temia-os por causa do meu ouro... Porque era meu... e muito meu... de legítima propriedade... Com as armas na mão, tinha-o conquistado... arriscando a minha vida.

Ao romper da aurora do terceiro dia, porém, caí exausto, sem forças e quase morto de fome... de sede – oh! a sede! –, de cansaço. Mas o saco das moedas de ouro tinha-o sempre bem apertado contra o peito, e nenhuma destas, tenho plena certeza, tinha caído.

Um homem passa a dois metros de onde eu estava sentado, um homem estranho, sem idade, magro, com o crânio à guisa de torre e só vestia uma túnica...

Talvez um escravo, talvez um sábio, talvez um louco, um forçado.

Chamo-o – ele se aproxima – e, quando está bem pertinho de mim, pergunto-lhe:

– Onde é que há por aqui um hotel?

Respondeu-me:

– Aqui não há hotéis.

– Não importa: veja alguém que me queira arranjar um pedaço de pão e uma vasilha com água... pagarei bem... tenho dinheiro... muito dinheiro...

– Dinheiro? Mas o que é o dinheiro?

... Teria eu porventura penetrado em um país selvagem? Teria, quem sabe, saído para fora da humanidade racionável? Em que planeta teria eu sido atraído? Zombava de mim aquele homem?

Não obstante isso, desatei o saco, tirei um punhado de moedas de ouro – oh! como resplandeciam aos primeiros raios do sol... oh! as lindas moedas! – e lhas mostrei, fazendo-as tinir...

Assim mesmo o homem não compreendeu... olhou de um modo curioso aquele cintilar, sem comover-se, sem demonstrar o mínimo desejo de possuir um pouco do precioso metal, e repetiu tranquilamente:

– O que é o dinheiro?

Reuni as poucas forças que me restavam, levantei-me e:

– Imbecil, gritei, então, tu ignoras qual é a mola propulsora da vida, o eixo da ordem social? O único meio pelo qual se chega à felicidade? Vês? Com o dinheiro, com este – porque este é dinheiro, bom, dinheiro do legítimo – se abrem canais, se unem os mundos, se partem as montanhas, se chega à glória, se conquistam nações, se fundam indústrias – se compra o amor... se vence, se goza, se vive...

– Com esse?

– Sim, idiota... com esse... Não tendes então aqui no vosso país, se é que aqui há um país, nem comércios, nem artes, nem indústrias? Do que é proveniente o vosso bem-estar?

– Do trabalho!

– Pois é, do trabalho... quem é pobre trabalha, mas, quem tem desse, não trabalha mais... faz os outros trabalharem... Quem tem desse e bastante, como eu, não tem necessidade de nada... é o patrão... são os outros que necessitam dele: os pobres! Quem tem desse, repito, tem tudo, também o impossível.

Então aquele homem disse:

– Pois bem... já que tu não necessitas de nada... nem de mim... que és o patrão... que tens o ouro... retiro-me, adeus!
– Mas estou com fome, gritei, tenho sede!...
– Come o teu ouro, bebe o teu ouro...
E voltou-me as costas.

O Despertar, PR, ano I, n.º 7, 15 dez. 1904.

UMA FÁBULA

Domela Nieuwenhius

Em certa rua de uma certa cidade, havia uma casa em ruínas. A cada momento ela ameaçava ruir, e se o fizesse muitas famílias seriam sepultadas sob os escombros.

O proprietário era muito avarento. Não estava nem um pouco preocupado com o estado da sua casa, nunca se perguntava se havia algum perigo para os moradores, mas em contrapartida era muito severo na hora de exigir pontualidade no pagamento dos aluguéis.

A maior parte dos inquilinos eram pessoas simples, boas, ingênuas demais. Quando ouviam as paredes estalar ou viam uma pedra cair – sinal precursor de um desmoronamento iminente –, diziam que isso não era nada e que tudo continuaria no mesmo estado para sempre; que, aliás, o proprietário dizia que sempre havia sido assim.

Portanto, o perigo ameaçava cada vez mais; descobriu-se que a avareza do proprietário era a única causa do mau estado em que a casa sempre permanecera. Alguns inquilinos começaram a falar e foram expulsos pela justiça.

Não havia um dia sequer, poderíamos dizer uma hora sequer, em que não acontecesse algum acidente, às vezes bastante sério.

O número dos que falavam estava aumentando, mas o proprietário era esperto. Com intenções maldosas, semeou a desconfiança e a divisão entre seus inquilinos; as discussões e as brigas logo se tornaram o mais importante, e a causa principal foi esquecida: a ruína da casa.

O proprietário ria da ignorância de seus inquilinos.

A casa ficava cada vez mais velha e deteriorada. Alguém teve coragem de exigir reformas.

O proprietário ficou com medo. Os inquilinos pagavam os aluguéis como antes, mas já não eram submissos. Mais uma vez ele procurou encontrar um meio de acalmá-los. Prometeu tudo o que eles queriam e não fez nada.

Por fim, um dos inquilinos fez uma reunião com os outros e lhes disse o seguinte: "A casa que nós habitamos é uma casa desgraçada. Todos os dias somos vítimas de dolorosos acidentes.

Alguns de nós já levaram o pai, a mãe, o irmão, a irmã, o filho, o amigo ao cemitério. E o homem responsável por todos esses acidentes é o proprietário, que pensa nos aluguéis sem se preocupar com os inquilinos. Isso ainda vai durar muito? Vamos continuar a ser tão ingênuos a ponto de suportar tudo isso? Continuaremos a enriquecer esse avarento pondo em risco nossa vida a cada momento?" Muitos responderam com voz forte: "Não, não, chega!" "Pois bem", continuou o organizador da reunião, "ouçam..." E disse que deviam exigir do proprietário a demolição da casa e a construção de uma nova, com alicerces mais modernos, mais adequada aos princípios da higiene, porque agora era inútil qualquer reforma na velha estrutura.

Muitos juraram não dar trégua até que a casa fosse demolida. E fizeram uma ativa propaganda da ideia. Infelizmente, faltava-lhes o talento da palavra e da escrita.

Alguns vizinhos ofereceram seus serviços, porque conheciam a arte da palavra e da escrita.

Alguns ficaram felizes com essa oferta. Eram aqueles ingênuos que esquecem logo e facilmente. Outros, ao contrário, disseram que era preciso lembrar que em outros casos algumas pessoas já haviam oferecido seus serviços, mas não haviam feito nada: "Sejam prudentes", diziam a seus inquilinos, "como querem que alguém que mora numa casa sólida e bem-acabada, que não conhece os perigos e a condição de uma casa em ruínas, possa representar nossos interesses?"

Ninguém prestou atenção nessas palavras. Os senhores que moravam em casas boas e sólidas foram os representantes dos moradores da velha casa. Fizeram uma visita ao proprietário; apesar de seu talento oratório, não obtiveram nenhum resultado. Então convenceram os seus comandados a enviar um número maior de representantes à casa do proprietário.

O proprietário era rico e muitos brigaram pela honra de ser nomeados representantes para visitá-lo: "Vejam", pareciam dizer à cidade, depois de satisfazer o sonho de visitar seu proprietário, "vejam, nós fazemos parte do círculo desse ricaço."

A partir de então, o problema raramente foi: "Quais são as melhorias de que precisam?", e quase sempre passou a ser este: "Quais pessoas representarão os interesses dos inquilinos?"

A disputa não acabou. Os inquilinos ainda moram na antiga casa, cada vez mais decadente, perigosa, e o proprietário zomba alegremente da ingenuidade deles, que continuam a pagar o aluguel e a enriquecê-lo.

* * *

A casa em ruínas é a sociedade atual. O proprietário é a burguesia, a classe proprietária. O inquilino são os proletários.

A casa está podre, precisa ser demolida. A burguesia não tem coração. Os proletários estão embrutecidos sob sua dominação.

A luta pela representação dos interesses afasta do verdadeiro objetivo a ser alcançado. Não precisamos de uma mudança de pessoas, mas da destruição de toda a sociedade no seu corpo e nos seus membros. Ninguém pode garantir que ele será melhor que os outros, porque o homem é o produto das circunstâncias e do ambiente que o cerca. Não se respira ar puro numa atmosfera podre.

Não queremos que o escravo se torne o senhor, e o senhor o escravo, porque seria uma mudança de pessoas e não de sistema. Se quem está hoje embaixo amanhã subir, e quem está agora no alto amanhã descer, será que alguma coisa mudou seriamente, houve algum benefício?

A vingança pertence aos deuses, os homens devem mostrar que são superiores aos deuses, e o farão quando construírem um ambiente em que tudo o que é baixo e ignóbil for aniquilado.

Os exploradores, os satisfeitos, não os compreendem, eles vivem lado a lado com os explorados, com os insatisfeitos, mas um não sabe como vive o outro. São duas nações em um mesmo país. Quando um explorado revolucionário se torna um burguês satisfeito, é pior que quem é rico de nascença. E por isso o proletário não deve depositar seus interesses nas mãos de representantes burgueses ou de representantes operários que depois se tornam burgueses.

Criar um ambiente no qual haja paz e felicidade para todos, eis o verdadeiro socialismo.

La Battaglia, SP, ano I, n? 35, 19 mar. 1905.

A ESMOLA

Fábio Luz

Afonso quis também recitar um conto e, no meio da sala, tendo meditado alguns instantes, disse:

– Duro e áspero fora o inverno para aquele lar. A tuberculose minaz ia aos poucos inutilizando a filha do velho Firmino e não lhe permitia mais do que alguns minutos de parada ao sol, nos fundos da casita, perto de um laranjal copado, onde trinavam pássaros alegres na festa gentil da procriação, na ventura de viver nos filhos, na primavera que se aproximava.

Pela mesma porta haviam penetrado no mísero albergue a tuberculose e a miséria.

Com a viuvez da filha, orfanados os netinhos, coincidira a dispensa do velho das oficinas do Arsenal, por não pertencer ao quadro.

Acabrunhado pelos desgostos e vergado ao peso dos anos, torturado pela voz queixosa dos netinhos pedindo pão e pelas lágrimas da filha, rouca, tossindo de partir o coração, ia ele pelas ruas, pelas estradas, no firme propósito de pedir uma esmola e sem desempenhar aquele papel de pedinte, ele que sempre fora um exímio operário, um forte, um incansável trabalhador e que, naquela idade, sem pão e sem lar, ouvindo o chorar dos netos, como um aguilhão, e a tosse da filha, como um tormento, quase descalço, magoando as plantas dos pés nas pedras dos caminhos; sentia-se humilhado e não sabia como começar.

Em um jardim bem tratado a cujo portão chegara, duas crianças brincavam, felizes e formosas. O velho ficou contemplando-as, elevado na gentileza daqueles anjinhos bem cuidados e ricos, e lembrou-se dos seus netinhos que estavam morrendo de fome, tristes e esquálidos e que tinham como criaturas humanas o mesmo direito de viver e gozar.

De dentro do luxuoso chalé viram-no embevecido naquela contemplação e julgaram-no um reles gatuno.

Uma voz de mulher chamou as crianças e mandou ver se traziam consigo os ricos adornos.

Do peito velho irrompeu um grito de indignação; ele protestou, justificou-se: não era um gatuno. Entretanto, a mesma voz de mulher moça e má, feliz e indiferente pelas desgraças alheias, disse:

– Dá-lhe um níquel, F...

Uma moeda sibilando no ar caiu no chão areado do jardim.

O velho, chorando humilhado e corrido, aceitou a moeda infamante em nome dos netos famintos.

– Saia, vagabundo! – gritou uma voz.

Firmino guardou a moeda no bolso do velho colete e saiu.

Cruel sensação de queimadura lhe causticava o peito. Quando, longe, Firmino Antunes introduziu os dedos no bolso e, para comprar um pão, procurou a moeda assassina que lhe repousava sobre o coração, sentiu que alguma coisa úmida ali estava banhando o níquel. Sangue lhe manchara as mãos e a moeda estava rubra. A esmola produzira uma ferida.

A esmola é assim.

Emancipação, RJ, ano II, n° 2, 6 abr. 1905.

UM CONTO QUE PARECE
UMA VERDADE

Anônimo

Um amigo (algum pândego, pela certa) nos envia este conto que diz ter aprendido do avô quando era pequeno, mas que, se se colocam nos lugares dos cinco homens da fábula, uns tipos da sociedade atual, que todos conhecemos, o tal conto fica uma verdade indiscutível.

Aqui está.

Um homem achou, uma vez, um tronco de árvore que a tormenta tinha lançado através da rua.

O levou para casa e com ele fez um banquinho para sentar-se.

Tinha apenas acabado de reduzir o tronco em um conveniente assento, quando apareceu na choupana um homem, bem trajado, de luvas nas mãos, que diz-lhe:

– Levante-se daí porque esse banco é meu.

O outro protestou e disse-lhe que, para fazer o banquinho, tinha trabalhado muito tempo e que não estava para cedê-lo.

O homem das luvas enfureceu e disse ao outro que era um ladrão, porque tinha roubado a árvore que era sua, tendo nascido nas terras de sua propriedade. Falou de direitos, de propriedade, de herança e de tantas coisas, que o outro nem compreendia, e, em última, puxou do bolso da algibeira uma grande papelada onde estavam escritas tantas histórias, para concluir que o tal homem das luvas era o dono do banquinho.

Verdade seja que a tal papelada tinha sido escrita por ele mesmo e, como é natural, dizia o que a ele mais convinha.

O pobre homem ficou um pouco de tempo com a cabeça cheia de palavras que nunca tinha ouvido, e já começava a perguntar a si mesmo se o tal das luvas não tinha razão (estava escrito em cima do papel) e se o banquinho não era realmente dele.

Então entraram na cabana mais dois homens que tinham estado escondidos atrás da porta e um deles começou a subornar na orelha do homem, dizendo que era melhor entregar o banquinho, que devia preferir sentar-se no chão porque, um dia, muito distante, seria remunerado desses padecimentos.

Diz que um outro senhor, muito mais rico, muito mais poderoso, um dia o levaria junto de si, conquanto agora se resignasse a sofrer.

O outro homem, o que tinha entrado por último, puxou logo de uma garrucha e gritou:

– Se tu não entregas imediatamente o banco, eu te mato!

Tudo isso acabou por convencer o pobre homem que o banquinho, embora o tivesse feito, não lhe pertencia, e deixou que os três indivíduos o levassem e estes saíram rindo e decidiram servir-se do banco em sociedade. Porém, um outro homem que tinha presenciado a cena, escondido atrás da choupana, logo percebeu que os três gatunos tinham aproveitado da ignorância do pobre homem para roubar-lhe o banco; entrou na cabana e procurou explicar-lhe como tinha sido vítima de um furto e que o banquinho lhe pertencia pela razão que ele o tinha construído.

Mas o outro não quis saber de nada. Estava convencido pelas palavras do homem de luvas e pela sua papelada, e estava atraído com a esperança de que um dia devia ir junto com um senhor muito poderoso que o receberia como filho, tinha medo da garrucha do último dos três indivíduos e não quis escutar o que o outro estava falando, pelo contrário, como ele continuara a falar, o pôs fora da porta a pontapés, dizendo:

– Vai-te embora, tu és meu inimigo.

O outro não ficou enraivecido, não reagiu; sentou-se lá fora e disse:

– Coitado, ele não tem culpa!

Eis aí o conto. Não vos parece que o nosso amigo tinha razão?

O Carpinteiro, SP, ano I, n°. 1, 1° jun. 1905.

OS DOIS BURROS

Luciano Campagnoli

Um pobre colono ia subindo, a custo, um morro muito escarpado, quase arrastando um velho asno carregado com dois barris de vinho.

– Anda, malvado asno – dizia o colono –, anda, pois estou-me fatigando mais do que tu, anda, senão já sabes: é pau; comigo não se brinca.

Mas o asno, ou não compreendia as ameaças, ou não fazia caso delas, pois continuava a caminhar com o passo vagaroso e pesado, próprio de quem não se incomoda com as desgraças por estar demasiado sujeito a elas.

– Anda, bobo, senão apanhas! Bobo! – Esta palavra trouxe à mente do colono um velho ditado que vinha a ser muito apropriado à ocasião, e acrescentou:

– Anda, bobo dum asno, que carregas vinho e bebes água!...

O asno a estas últimas palavras ergueu a cabeça e deu alguns passos com mais pressa, não para acelerar a marcha, mas para acercar-se mais do seu guia e para que ele ouvisse as suas argumentações filosóficas.

– Eu, bobo? Bobo és tu, meu amigo, e a ti se poderia muito bem aplicar o velho ditado.

Eu carrego o vinho e não o bebo, não resta dúvida, mas eu por lei natural não estou acostumado a beber outra coisa a não ser água. Tu, sim, que poderias beber vinho – e gostas dele –, mas ajudas-me a carregá-lo para quem o beber: o teu e meu amo. Se eu fosse incumbido de guardar ou levar para o meu amo dois fardos de alfafa, fica certo que antes iria encher a minha barriga e depois que os outros aproveitassem os restos.

Como podes intitular-te meu superior, se estás em condições inferiores às minhas? Quando eu estou doente, o nosso amo manda logo vir um bom veterinário para me curar e deixa-me descansar todo o tempo da minha doença, sem por isso privar-me do necessário para o meu sustento; mas, se tu ficas doente, ai de ti, ai dos teus filhos, ai da tua companheira! E achas-me bobo?! Bobo és tu, que ainda há pouco, lá na cidade, paraste estupefato diante dum mostrador cheio de alimentos, cada qual mais apetitoso, e tu, bobo, apesar de aguado, não tiveste a força nem a coragem de te apoderares dele. Eu, pelo contrário – e tu chamas-me bobo –, quando entro numa roça de milho, dou cabo dele, e isso sem me importar com o seu dono, seja lá quem for: eu trabalho, suo, o milho é para comer, por conseguinte é meu.

E não creias que os nossos amos, presentes e passados, não tenham tentado aniquilar esta minha liberdade – e isto bem o sabem as minhas costas –, mas apesar disso não cedi e não cederei.

Tu, pelo contrário, tudo sacrificas a eles, tudo quanto é teu deixas roubar, tudo entregas aos nossos espoliadores, e isso pela tua estupidez, por covardia, por falta daquela firmeza que eu tenho em fazer meu tudo quanto me agrada e está ao meu alcance. Tu tens-te feito guarda da tua escravidão, és um preso voluntário que nem sequer te atreves a fugir da prisão em que te puseram e não ousas levantar os olhos perante os teus amos.

Pois, se tu, que te consideras duma raça a mim superior, te abaixas e humilhas tanto, que deverei fazer eu, pobre asno?

E, ao acabar esse discurso, talvez o mais comprido de toda a sua vida, o bom do asno fitou as orelhas, olhou para o seu companheiro de desventura, mas viu-o tão abatido, tão humildemente resignado à sua triste sorte, que, por um instante, ficou indeciso: qual dos dois era mais besta, ele ou o outro?

Já se avistavam, ao longe, as casas da fazenda, termo da sua viagem, e o asno encheu o ar com um formidável zurro: tinha visto o seu amado pasto e sabia que nenhuma força humana nem asinina o levaria a deixá-lo voluntariamente.

A Luta Proletária, SP, ano III, n? 7, 29 fev. 1908.

NO CIRCO

Avelino Fóscolo

Tomamos assento num banco do centro. O Parque estava solitário àquela hora matinal. O Abel ergueu-se pouco depois, fez-me um sinal e retirou-se, desaparecendo numa das curvas do bosque. Enchi-me de coragem e, virando-me para a pobre mulher:
– Espera-me aqui que já volto.
Ela sacudiu a cabeça tristemente... Foi a última vez que a vi.
No dia seguinte os jornais narravam o fato: uma louca furiosa, gritando, despedaçando as vestes, nua em plena praça, se espetaculara durante muito tempo, surgindo afinal a polícia, que a conduziu ao xadrez e mais tarde ao Hospício.
O Abel ao ler a notícia esfregara alegremente as mãos pelo conto passado, sem um vislumbre

de piedade pela mulher que lhe dera a esmola de um afeto imenso. Nem uma sombra sequer de saudade... Volveu para mim galhardamente:

— Agora que nos livramos da carga, toca a tomar um pouco de rega-bofe.

— Aproveita-o tu. Após a série de desgraças agoniando-me o espírito, anseio somente pela soledade.

Ele sacudiu os ombros sarcasticamente e lá foi.

Quando voltamos, oito dias apenas depois, uma revolução enorme se operara na *troupe*. Por uma questão de dinheiro, o Moldrini e o Ferraz se engalfinharam.

— O bruto — narrou-me o Moldrini ainda fulo de raiva — partiu como um reles gatuno, levando o cobre bitado na bilheteria e tua mulher também. Olha, se fosse comigo, Chagas, nessas coisas de honra sou uma fera, ia atrás e o arrebentava, arrebentava-o, por Deus.

E fez o gesto como se abatesse o ex-sócio.

Eu me conservava pasmado, emudecido, julgando um sonho a série de catástrofes jungindo-me numa cadeia sem fim. O golpe de maça inesperado e brutal que me ferira dias antes me embotara também a sensibilidade: a perda do pequeno fora um como rompimento do laço prendendo-me a Sílvia e, bem a meu pesar, tão fundamente tinha aquela mulher gravada no imo, que a notícia da fuga quase me fulminou.

Não os segui. Para quê? Conhecia-me bastante... Não cria além disso no direito matrimonial que a sociedade outorga. O marido é por vezes o histrião condenado a permanecer no Circo e a receber os apupos da multidão.

A ideia do suicídio me fulgurou na mente. Encerrei-me na câmara nua que a desertora deixara. Dela restavam apenas fragmentos de fitas, papéis inúteis, outras tantas relíquias que eu fitava com idolatria. Havia sobre a mesa um vidro com grânulos de estricnina esquecido propositalmente, quiçá, como tentação ao meu desespero. Estava quase intacto: a morte espreitava-me de dentro. Peguei no vidro, e eu que jamais tivera energia para coisa alguma, sentira coragem de absorver-lhe o conteúdo. A minha prostração era imensa: havia tocado ao extremo da extrema dor.

Refleti ainda. Matar-me por aquela mulher por que e para quê? Eu tinha direito à vida, a modificar-me, a evoluir, a ser forte pela bondade para esmagar o mal. Senti orgulho com o primeiro passo de heroicidade: recuar em face da morte, a libertação almejada.

Eu não podia permanecer ali: tinha a alma a transbordar as penas de um passado sinistro. Para qualquer lado que me volvesse naquele Circo, deparava recordações agoniosas ou sarcasmos ferinos. A própria saudade do amado ente provocava motejos evocando cenas de passado abjeto.

Estava perplexo, irresoluto, sentindo-me bem inútil, mas disposto a viver, a tentar algo de útil em prol da universal harmonia.

Rosita, vendo desorganizado o elenco com a retirada de duas figuras, propôs ao Moldrini formarem uma pequena companhia de farsas e quadros vivos.

– É o melhor que temos a fazer: quatro pessoas vivem com pouco. Depois diminui a despesa de transporte, de alimentação, de tudo.

– E como nos apresentaremos nos grandes centros? – interrogou o marido.

– Ora, nós quatro, você, eu, Julinha e o Abel somos figuras de primeira ordem, modéstia à parte.

– Lá isso é verdade – concordou ele.

Eu não entrava, consequentemente, em linha de conta: era uma maneira delicada de despedirem o intruso que poderia perturbar aquele *ménage à trois*. Sem dinheiro, sem habilitações para a luta, péssimo caixeiro, mau pintor, ator medíocre, o meu horizonte era bem limitado, por certo.

Dias depois, lasso de perscrutar um meio honesto de luta, recebi uma carta tarjada de negro. Li, reli muitas vezes, não acreditando bem no que via. Morrera o vovô, o velho Goivães, sumítico e egoísta, e eu estava senhor de todos os seus haveres. Era rico, portanto... Uma nova fase se abria em minha existência: de histrião me metamorfoseava em espectador e ia a meu turno, como todos os ricos, apupar os míseros que se digladiam no Circo...

O Moldrini correu pressuroso a mim:

— Meus parabéns, rapaz. No teu caso montava agora uma companhia de primeira com os bons elementos que já temos. Sou sócio de indústria na empresa, já sabes.

— Qual empresa, nem meia empresa: já estou cheio, enojado disso. Quero uma nova vida, um horizonte mais amplo.

E abandonei-os, desiludidos e magoados.

De posse da fortuna, em Outro Petro, sobejaram-me oferecimentos e carinhos do papai, o velho Aquino. Transformara-se de súbito à fulguração astral do ouro, tornando-se de uma amabilidade — antítese viva do que fora outrora. Minha madrasta, muito obesa, muito estragada pelos anos, e a filharada se afinavam no mesmo diapasão do papai. Eu conservei-me digno: nem muito mel, nem muito fel.

De quem eu me recordava com gratidão era da Gervásia, a excelente negra que tivera o dom de cativar o Goivães, impedindo-o assim de contrair segundas núpcias. Visitei-lhe o túmulo e recitei-lhe um panegírico:

— Dorme em paz, criatura excelsa. Se não tivesses a sublime abnegação de te empanturrares de álcool no ócio que te davam os asquerosos amores do vovô, não te haveria certamente estourado o fígado na cirrose assassina, e as estas horas, tão bem soubeste dominar o sumítico velho, estarias de posse de toda a sua fortuna e eu, mísero de mim, andaria ainda de Circo em Circo, sempre apupado, infeliz sempre. A ti que com grande escândalo da pacata Vila e gáudio do Goivães passavas os dias sentada à porta do bazar, como sultana, tirando do cachimbo baforadas azuis e densas que seguias com o teu olhar preguiçoso, devo hoje esta metamorfose filha do ouro – o moderno removedor de montanhas. Dorme em paz e que te seja dado fruir na eternidade o miraculoso álcool, teu constante amigo e meu benévolo protetor.

Entrei a gozar do parasitismo ocioso dos ricos. E os meus consócios de antanho? Sílvia, soube-o mais tarde, abandonara o Ferraz, seguindo o franco lenocínio. O Moldrini era agente do Correio em Ventania. Rosita fazia curas pelo espiritismo e o Abel era cabo de polícia. Minha veneranda sogra, como todos os loucos que estão internados no Hospício, morrera naturalmente de anasarca.

Aparentemente, quiçá, eu era o mais feliz. Vivia quase só, divorciado dos meus. Não podia amar o papai, embora o quisesse. Quando eu desfiava o rosário das recordações, das passadas cáries, reconhecia nele o responsável único de todos os meus males: me humilhara desde pequeno, fazendo de mim um pusilânime. Se não fora essa educação viciosa, eu não teria acedido às seduções de Sílvia, traindo o único amigo que a sorte me deparara, fazendo-me cúmplice em sua morte, me escravizando e desposando depois cobardemente a viúva, como se entre nós não devesse permanecer sempre aquele cadáver. Não fora essa educação humilhante, mais tarde, quando a mesma cena de adultério se reproduziu e Sílvia teve a coragem de me confessar a paternidade adulterina de Jaime, eu a teria abandonado para que livremente gozasse o direito de amar.

Nada disso teria acontecido, se eu não fosse um cobarde criado na escola da humilhação e do desespero.

Libertei-me de todas as taras da educação atual, das sânies que me amarguravam a existência e de criaturas que eram uma trava à minha ascensão de ser livre: a minha fantasia veleja hoje no oceano imenso da universal agonia em busca do sonhado porto da liberdade, da solidariedade humana.

A Lanterna, SP, ano XIII, n? 237, 4 abr. 1914.
O texto constitui o último capítulo do romance *No circo*, que o jornal publicou em folhetins.

A LIÇÃO DO ABUTRE

Sílvio de Almeida

– Meu filho – disse o velho abutre –, pois que tendes tido diante de vossos olhos os meus exemplos, menos necessidade havereis de meus conselhos.

Vistes-me arrebatar na quinta o pássaro doméstico, a lebre na moita, e no pasto o cabrito. Sabeis agora como cravar as garras e como librar o voo, carregando a presa. Deveis, porém, estar lembrando de um alimento saborosíssimo: com carne de gente já muitas vezes vos tenho regalado.

– Ensinai-nos – disseram os abutrinhos – onde é que se encontra gente e como reconhecê-la: sua carne constitui, por certo, o natural sustento dos abutres. Por que nunca trouxestes em vossas garras um homem ao nosso ninho?

– É que ele pesa demasiado – respondeu o pai – e, quando o achamos, tudo o que podemos fazer consiste em rasgar-lhe a carne em pedacinhos e sobre a terra deixar-lhe os ossos.

– Já que o homem é tão grande – replicaram os filhotes –, como arranjar para matá-lo? Tendes medo do lobo e do urso; por onde hão de ser os abutres superiores ao homem? Será este mais indefeso do que o cordeiro?

– Não temos a força do homem – respondeu o pai –, e duvido, algumas vezes, que tenhamos tanta astúcia. Também da sua carne raro poderiam repastar-se os abutres, se a natureza, que o tem destinado às nossas necessidades, não o dotasse de uma estranha ferocidade, que eu jamais observei nos outros animais terrestres. Acertam, frequentemente, de encontrar-se dois rebanhos de homens que, estrepitosamente, se entrechocam, enchendo o ar de fumo. Em ouvindo esse estrondo, vendo esse fogo, e os coriscos a ziguezaguear na planície, voai para ali, com o mais célere impulso d'asas; porque, então, os homens uns aos outros se estarão destroçando. Achareis a terra a fumegar de sangue, e recoberta de cadáveres, dos quais muitos palpitantes e talhados, como que por encomenda, para uso dos abutres.

Guerra Sociale, SP, ano III, nº. 39, 10 fev. 1917.

O ESPANTALHO DA LOUCURA

Domingos Ribeiro Filho

Feliz de que o meu caso pessoal coincide com o caso geral, folgo de aproveitar o momento para repelir com todas as minhas forças o espantalho da loucura com que os meus amigos burgueses vivem a ameaçar-me sempre que, à falta de argumentos, procuram esquivar-se à discussão da questão social e sua solução única pela anarquia.

"Tu estás doido!" – dizem-me alguns com gravidade e outros com tristeza.

"És um maluco!" – afirmam diversos com bom humor, e não poucos com carinho e piedade concluem que estou louco às portas de uma tremenda derrocada cerebral.

Mas não sou eu só o triste e desprezível alienado que desertou do bom senso infalível da burguesia para os desgarros comprometedores da anarquia.

São todos os anarquistas, é todo o bando dissidente dos evangelhos da ladroeira e da violência, é qualquer um que ponha pelo menos um gesto de dúvida ou incerteza na curvatura e no agachamento vulgar ante o sentenciário desconexo do capitalismo e do governo.

Entretanto, em que consiste a loucura anarquista? No caso singelo e elementar de seguir o fio de uma lógica até as suas mais remotas consequências, método que se impõe pela dignidade da inteligência humana e o único que pode conduzir à conquista da verdade.

O burguês sensato e honrado pergunta: o que é a verdade? Nós não sabemos, ele também não sabe, ninguém o saberá jamais. E o burguês, que tem tanto cinismo como gênio, conclui: a verdade é a mentira. Concluir diversamente é raiar pelos sombrios abismos da loucura. Por esses limites inacessíveis do desvario negativo corre de olhos fechados o anarquista.

Esplêndida viagem! ao fim da qual um guardião incorruptível e severo – o alienista – nos toma pela mão e nos conduz ao fundo do abismo: o hospício.

Há uma pequena variante ao desfecho desse curioso drama; às vezes, não é o sábio psiquiatra quem nos colhe, mas uma vestal: a polícia, que mais sentimental e mais carinhosa nos conduz por escadas a uma torre: a cadeia.

É bem difícil discriminar toda a série de torpezas humanas que se encadearam para a criação estupenda da ciência do alienista. E eu, por muito doido que seja, terei repugnância em detalhá-las. Mas eu preciso dizer que a burguesia, vencedora acidentalmente na batalha social, procedeu como todos os vencedores das épocas bárbaras e históricas: apossou-se de tudo na vida. A ciência, que a auxiliou na luta, ficou sob o seu domínio e continuou aos seus serviços. Eu diria melhor que os sábios, isto é, aqueles que tinham mais conhecimentos dos fenômenos da natureza, orgulhosos com a riqueza do seu saber, quiseram se criar uma aristocracia intelectual e foram mendigar do vencedor seus pergaminhos e brasões. O burguês, vendo de rastos a seus pés as elites da inteligência, impôs como condição ficar a ciência ao serviço da força que a apoiava. Os sábios – eterna vergonha da humanidade! – capitularam. Hoje a ciência e os sábios que a manipulam estão a soldo do burguês, do capitalismo e do Estado. Daí essas coisas absurdas e odiosas que são a química, a economia política, o direito, a psiquiatria, a mecânica e outras.

Esta afirmação sou eu, um maluco, que a faz e não deve ter o mínimo valor, mesmo se eu chamar a atenção dos possuidores da mais robusta integridade mental para os exemplos vivos dos senhores Edison, Turpin, Ribot, Charcot (nem mesmo sei se são estes os expoentes) e todo o estado-maior das altas academias dos mais altos gênios dos nossos dias; ainda quando eu faça a comparação de coincidência pura entre a ciência e os sábios agachados à porta do erário público, e os ilustres generais, que a alta ciência dos estados-maiores conduz à vitória e à glória e que recebeu do governo honradamente o seu soldo.

Doido! Estou agitando homens e fatos. Na puríssima e limpíssima sociedade hodierna, o generoso burguês não pode consentir que um sábio respeitável e elevado pela dedicação às mais altas e mais puras regiões da genialidade, morra à míngua como qualquer analfabeto ou vagabundo. A burguesia igualitária e justiceira recompensa largamente o sábio e o general: um dá-lhe a verdade e o outro a vitória. Hiram-Maxim deu-lhe a metralhadora, verdade de aço e de repetição; Foch deu-lhe a vitória e as margens do Reno.

E esses furiosos não são loucos.

E nós, anarquistas, o que lhe damos? Contrariedades, desgostos, ideias inaplicáveis ao estado de inferioridade em que se acham os homens. Quem pode, pois, julgar do valor integral do espírito humano? Um Cottin, que luta contra a vida eterna de Clemenceau, ou um Wilson, que vai dar o pão e a alegria a todas as vítimas do furor teutônico? Não. Decididamente, é preciso ter atingido a linha divisória entre a razão e a loucura para perturbar a paz social em que o burguês riquíssimo vai fazer, conforme prometeu, há cem anos, a garantia do trabalho e da miséria.

Eu já cheguei mesmo a pensar que somos todos uns possessos. Lembrei-me da loucura singular que ataca os pássaros cativos em bater eternamente as asas para o azul longínquo, quando na gaiola não lhes falta a água e o alpiste, e nunca me esquecerei daqueles felizes escravos romanos que se fizeram loucamente massacrar sob o comando de Spartacus, quando, séculos depois, apareceu um imperador como Marco Aurélio. Não deveriam aqueles malucos dos anos 70 esperar pela vinda dos Antoninos?

E nós, anarquistas, que diabo fazemos com a nossa lógica e o nosso amor à verdade, quando há estados-maiores, academias, delegacias de polícia e casas de saúde para resolver imperecivelmente a felicidade de ser homem, de ser faminto e de ser escravo? Loucura e convenção, é a ideia ou o gesto discordante do ritmo geral.

Sim. Eu, pelo menos, devo ser um divertido maluco, porque no meu cérebro espesso ou rendilhado não entra ou não sai a estupenda concepção de uma existência única baseada em decretos e códigos, em ciências e riquezas, formando tudo essa coisa divina e eterna que se chama civilização. Pois se nisso creem o deputado federal, o vendeiro da esquina, o arcebispo, o cabo eleitoral, a esposa do conselheiro X e o delegado de polícia, o honrado alienista e o operário do Estado!... que importa que outras civilizações tenham caído? A nossa é eterna.

Singular e fenomenal desvario!

A Plebe, SP, ano II, n°. 9, 19 abr. 1919.

MISÉRIA URBANA

IGUARIAS

Alex

"Caminhava devagar por um passeio da rua um homem baixo, magro, da cor pálida da fome.

Era domingo. E aquele homem roto, esfrangalhado, destacava-se tanto no meio dos que passavam, pavoneando as vestes domingueiras, que não resisti ao desejo de o seguir com os olhos.

Principiou a cair uma chuva miudinha. Era a hora das *matinées*, dos passeios, dos folguedos, e os passeantes iam rareando, cada um em busca dum passatempo ou do gozo duma folga.

O pobre homem, com os olhos fitos no chão, lá se ia arrastando, muito rente às casas, debaixo dos borrifos frescos da chuva que caía. Em sentido contrário vinham saltitando na calçada do passeio duas mundanas apressadas, soltando risinhos histéricos, galantes.

O desgraçado encostou-se à *vitrine* duma casa e deixou-as passar livremente, no cadenciado *ruff-ruff* dos gomados, numa atmosfera estúpida de perfumes esquisitos. Elas passaram, muito juntas, gargalhando sempre.

Ele, indiferente a tudo, ficou-se ali parado, correndo em redor os olhos tristes, que mal serviam a luzir no meio das olheiras fundas, azuladas.

Num movimento brusco da cabeça, os seus olhos fitaram por acaso as amostras da *vitrine*. A chuva abrandara pouco a pouco. E o homem, com os olhos presos lá dentro, começou a tremer nervosamente, mordendo uma ponta do bigodinho hirsuto.

Era uma *vitrine* de restaurante, toda cheia de vinhos caros, licores, doces, *pudings*, pernas de porco, conservas e muitas outras especiarias, expostas em reclame. O desgraçado, talvez a morrer de fome, parecia desvairar, tremendo sempre e correndo as mãos ossudas e nervosas no ferro de resguardo, à frente da *vitrine*.

E ficou-se ali, pregado na calçada fitando sempre os acepipes provocantes.

....

Chegou depois um casal burguês, e parou curioso em frente da *vitrine*. Ele, cheio, bem disposto, alegre, mal reparou no triste esfomeado; mas a burguesa agastada recuou um pouco, torcendo a cara, num trejeito de repugnância. O marido por sua vez reparou também e carregou o sobrolho, sorvendo um caro charuto.

O infeliz esfomeado afastou-se deste contato que o humilhava, e seguindo num passo vacilante murmurava surdamente: 'Ladrões!'"

O Amigo do Povo, SP, ano I, nº 3, 10 maio 1902.

NA MORGUE

Mota Assunção

(para o Neno Vasco)

"Não basta abolir todas as instituições positivas que fomentam a população; é mister tratar de corrigir, por escrito e pela palavra, os erros predominantes sobre este assunto; é mister demonstrar que o dever do homem não é simplesmente propagar a sua espécie, mas também propagar a virtude e a felicidade e que, se ele não pode cumprir esta última parte, não está de maneira alguma chamado a desempenhar a primeira."

(Malthus)

De volta do meu habitual passeio matutino ao Boqueirão, onde por vezes me recreava com as ondas em voluptuosas carícias, deparou-se-me no jornal que lia em caminho da oficina longa *reportage* com que a imprensa explorava o trágico e desgraçado fim de dois indivíduos.

Eram o Luís e a Clélia, ambos meus conhecidos e, segundo o abuso que originariamente se faz da palavra "amigo", eram meus amigos. O Luís havia sido encontrado morto no quarto em que morava sozinho, não se sabendo ao certo que gênero de morte o vitimara. E a Clélia, esfaqueada, fora retirada do seu leito mercenário, onde algum desgraçado a assassinara para roubá-la. "Pobre Clélia! Pobre Luís!", exclamei comovido e contristado, assim que me inteirei do ocorrido. "Pois hei de ir vê-los!"

Já estavam no Necrotério; e, logo cedinho, antes que os despedaçassem, para lá me encaminhei apressado.

Aquilo a que com mais propriedade os franceses chamam "morgue", no Rio de Janeiro se chama Necrotério. É uma espécie de capelinha branca, dentro dum cercado de ferro, ladeada por alguns arbustos, em cujo interior são, quase todos os dias, cortados, serrados, feitos em bocadinhos, dois ou três cadáveres encontrados pelas ruas ou em abandono, que assim ali vão pagar a ousadia de se haverem tornado tais sem a respectiva assistência médica, ou, o que vale o mesmo, sem terem pago a sacrossanta estampilha federal.

Esse depósito mortuário está situado num dos mais antigos recantos da cidade, mesmo muito perto do seu maior esplendor, do seu coração, nas fraldas do mar. Por causa, porém, do intenso abandono em que se acha, apresenta aquele sítio um aspecto lúgubre, por vezes tétrico; pois ao redor e nas imediações da "morgue" é que os últimos miseráveis, os últimos desgraçados fixavam residência. De maneira que, cerca de cinquenta monstrengos humanos de ambos os sexos, seminus, semimortos, leprosos e pestilentos, em promiscuidade íntima com o lixo e outros excrementos em decomposição, ali vão acabar de apodrecer.

Sobre duas das seis mesas de mármore com que se depara postas em fila logo ao entrar da porta, um à esquerda, outro à direita, repousavam alfim tranquilos os meus pobres amigos. Defronte, numa espécie de pobre altar, uma Dolorosa bela e meiga sustinha em seus joelhos o moribundo Jesus, bruxuleando-lhe aos pés pequenina e rústica lâmpada.

Depois de um golpe de vista por toda a casa solitária e triste, pus-me a observar a meretriz. Pobre rapariga! Mal diria ela o fim que lhe estava reservado! Tantas e tão risonhas esperanças de felicidade como ela afagava para o futuro... Pobre Clélia! E pareceu-me ouvi-la contar-me de novo a triste história de sua perdição: filha de um bandido de quem sua mãe era criada, fora, aos catorze anos, prostituída por um dos filhos legítimos do seu próprio pai cobarde e mascarado, a quem servia como escrava... Desgraçada humanidade!

E, pensando no triste legado que o mundo reserva para três partes dos seus filhos, fiquei-me por longo tempo, estático e pensativo, a contemplar o corpo da infeliz.

A seu lado estava outro desgraçado, o Luís, o desventurado solitário, a quem a fortuna também fora avessa.

Por que motivo nunca chamara esse rapaz para seu lado uma companheira que o ajudasse a carregar o fardo da existência? Pobre Luís, que havia ele de fazer, se, além de ter sido criado longe do convívio familiar, sem teto e sem berço, nunca pôde ganhar mais que o estritamente necessário à sua alimentação! O seu nascimento fora anormal; portanto, só a dor crua lhe reservara o mundo. Se, graças à afeição que desde cedo ganhara aos livros, pôde ele escapar da abjeção e da lama que as sociedades reservam aos seus malvindos, aos mais ou menos abandonados, enjeitados, não conseguiu o desgraçado escapar ao pessimismo e à descrença absoluta que certas leituras, quando não amparadas por uma existência normal, necessariamente produzem. E assim o golpe final sobre uma existência incômoda como era a sua, longe de ser um mal, fora o supremo bem, fora a redenção.

Pobres amigos!

E, assim pensando, assim raciocinando, também me sentia desfalecer...

Sob o peso então duma dor inexprimível, esmagadora, subitamente compreendi o motivo, a razão de ser de todas as prescrições que os Mitos e os Costumes de todos os povos e de todos os tempos hão anteposto à união sexual. Com efeito: tudo isso não era mais que patúar* surdo, misterioso e inacreditável da férrea lei de depopulação que, só modernamente, graças a Malthus e seus divulgadores, nos foi dado conhecer e perceber com clareza!

Mas esse decantado e gabado racionalismo moderno, na sua febre de tudo pôr no paladar de um panteísmo exageradamente sentimentalista, é que não quis ver em todas essas prescrições erigidas pela sabedoria dos séculos senão o resultado de prejuízos teológicos e dogmáticos, destituídos, portanto, de toda a veracidade. E, em consequência da sua divulgação da "liberdade", graças à sua ingênua e patética adoração da Natureza – como Deus – e infinitamente boa e sábia; graças à sua obra irrefletida e imponderada, apresenta-se-nos hoje o mundo juncado desses filhos do desleixo, do vício, da imprudência e do crime, que, pelos referidos Mitos e Costumes, estavam de antemão condenados a uma existência errante e dolorosa. E a prova, evidente, clara, de

---

* Cf. original, em clara alusão a "patoá". [N. dos Orgs.]

que era verdade o que tais Mitos e Costumes estabeleciam, todos a têm hoje: malgrado se acharem extintos todos esses "preconceitos" e instituições, a sorte dos desgraçados por elas atingidos em nada se modificou: eles aí continuam, sob o jugo da condenação antiga, errantes e desgraçados, sem bonança nem quartel!

– Oh, mães! Oh, pais! – exclamei – Quando deixareis vós de lançar ao mundo seres para os quais não preparastes de antemão um teto e um berço?! Olhai, contemplai, desgraçados, criminosos, o belo resultado da vossa imprudência e reflexão!...

E, subitamente, afigurou-se-me ver passar na minha frente ranchos enormes de crianças dos Asilos, dos Hospitais, das Prisões, de abandonados pelas ruas – pedintes, degenerados, pustulentos e aleijões – envergonhando o Sol e pejando a atmosfera com as suas figuras horripilantes e seus gemidos dolorosos!... Olhai, contemplai! – bradei de novo como que para fugir àquele quadro nauseante e assustador –, pais e mães imprevidentes, insensatos, o resultado de vossa obra!...

* * *

E tu, minha Clélia, minha pobre Clélia, ignorante que eras da fatalidade que sobre ti pesava, já te ias dando ao luxo, à vaidade de pensar na felicidade!...

Tola, minha tola! Pois tu não sabias que o que sucedeu a Maslowa, e a que Tolstói chamou ressurreição, longe de ser a regra, é uma exceção rara?...

Pobre e ingênua criatura! Pois pretendias burlar-te das leis fatais e irredutíveis que o homem descobriu na Natureza?...

Já começavas a antegozar dos momentos venturosos que havias de passar, alfim resgatada da prostituição, no regaço do ente querido, do teu amante do coração?

Pobre mulher! Não sabias que no banquete da vida não te haviam esperado nem honrado com um talher?!

Ignoravas?! Não sabias?... Oh!...

engano d'alma ledo e cego
que a fortuna não deixa durar muito.

* * *

Lá fora, à porta da "morgue", no meio dum grupo de populares, uns cegos a pedir esmola faziam gemer uma guitarra que era acompanhada pelo cantar roufenho duma rapariguita. Da canção que ela entoava pude reter esta quadra:

Das três cordas da guitarra
Só a terceira dá ais...
Bastou-me um amor na vida
Um só amor e não mais!

Kultur, RJ, ano I, n.º 1, mar. 1904, pp. X-XI.

OS GATUNOS

*Demócrito**

Curitiba foi invadida pelos ladrões.
Parece incrível, mas é assim!
Imaginai o alarma dos nossos mais que honestos comerciantes, surpreendidos pelo receio de serem roubados (eles!) no que têm de mais sagrado, isto é, o fruto do penoso mercadejar de vinhos *art nouveau* e de licores que servem como preservativo contra o veneno das cobras e de queijos que podem ser usados como estuque e de salames que também contêm... carne de porco.

---

* *Demócrito* foi também o pseudônimo utilizado por Edgard Leuenroth para assinar artigos políticos quando editor do jornal *A Plebe* (SP, 1917-). Não há, porém, evidências de que o autor de "Os gatunos" e Leuenroth sejam a mesma pessoa. [N. dos Orgs.]

Ladrões em Curitiba?

Mas, ó Mercúrio, é assim que tu proteges os aristocráticos da profissão? Aqueles teus sacerdotes que nas repartições se ocupam em torno dos sábios e crônicos *desfalques* (dos quais um Polidoro qualquer assumirá a culpa... no além-túmulo) não poderão mais dormir tranquilos?... E os importadores de estátuas de gesso que aumentam e diminuem de peso e de produtos... deverão sentir-se angustiados pelo medo de ver as suas caixas-fortes violadas... (caixas-fortes cheias de notas do banco e de selos imprimidos nas oficinas de *Cambrioleur & Cia.*)... violadas pela gazua plebeia de vulgares ratoneiros? E os nossos benignos estranguladores... e os nossos humanitários industriais, tão sensíveis à sorte dos trabalhadores... serão porventura arriscados a serem golpeados no honesto ganho que retiram das misérias de outrem, das alheias fadigas? E a filantrópica empresa do bicho, que se arruína em pagar vinte por um aos devotos da zoologia-vigarista... deverá, quem sabe, por causa de uma miserável quadrilha de ladrões suspender os seus caritativos pagamentos e o seu divertido joguinho?...

Ah! isso não!... mil vezes não!

Mas, se Mercúrio fecha os olhos aos gestos dos seus indignos sequazes, vigilante está madama Polícia.

Oh! grandes ladrões, reanimai-vos: os ladrõezinhos plebeus serão, ou mais hoje, ou mais amanhã, presos...

E vós continuareis tranquilamente!

"A lei é igual para todos... os ladrões de galinhas."

O Despertar, PR, ano I, n.º 6, 30 nov. 1904.

PLACAS FOTOGRÁFICAS, 1

Photographo

Tarde alegre e movimentada. Os elétricos da *Light* passam céleres, pejados de burgueses e burguesas elegantes em busca do *ménage* onde os espera o jantar fumegante. Operários suarentos labutam nos andaimes das casas em construção, arriscando a vida a cada momento, vergados uns ao peso de vigas enquanto outros, no alto, enfileiram tijolos sobre argamassa, levantando paredes de grandes casas que eles jamais habitarão. Há por toda rua um retintim de bigornas, trilar de apitos dos cocheiros de bondes, tlim-tlim das campainhas dos elétricos, enfim toda a música do trabalho que enriquece os parasitas que nada fazem e empobrecem cada vez mais o trabalhador.

De repente, ouvem-se gritos. Circunspectos transeuntes, elegantes *flaneurs*, pelintras, soldados, meninos, em suma, uma multidão de todos os feitios corre para o ponto.

— Não vou! Me largue, não vou! — Ah, berrava um pretinho maltrapilho que, por inexplicável ironia, vestia uns frangalhos de camisa de meia, com as cores nacionais.

A carapinha empoeirada, os olhos fora das órbitas, numa ânsia tremenda de liberdade, gritava sempre: não vou!

O soldado que o prendia entre os braços fortes como tenazes praguejou, levando a mão ao rifle:

— Raios te partam, safado! Anda, simão!

Um burguês obeso, em colete, sem chapéu, com um enorme brilhante a reluzir no dedo mínimo e uma medalha também a reluzir, pendente da cadeia do ouro que descansava sobre o ventre volumoso, acercou-se do grupo, estirou o pescoço e inquiriu:

— O que é, camarada?

— É que este safado roubou, ali na confeitaria, uma posta de peixe e comeu-a; ia a fugir e eu prendi-o, este senhor viu... — E apontou para uma cara patibular que lhe estava à direita.

— Leve-o, leve-o, camarada — rugiu o burguês, com uma acentuação enérgica. — Se tinha fome, pedisse e não roubasse. Ora, o pulha do negro! — E seguiu, a postar-se na porta do botequim com os dedos metidos nas cavas do colete, a gozar da cena.

— Leva! leva! — gritavam muitas pessoas do povo.

— Miseráveis! — gritou da cadeira de um engraxate um jovem de tez afogueada. — Miseráveis! que querem dar grande importância ao furto de uma posta de peixe para matar a fome!

O protesto perdeu-se.

A multidão seguiu o soldado que cada vez mais encolerizava contra o pretinho, que cada vez mais também aumentava o berreiro. E assim seguiram, o pretinho berrando, lutando pela liberdade que lhe queriam roubar depois de o terem criado, talvez, na rua, ao deus-dará, na vadiagem, sem educação e sem guia; os transeuntes, açulando o soldado, executor de uma lei que é a pura iniquidade. E toda a matilha pobre e inconsciente, respeitadora da ordem, da lei e da propriedade, lá ia rua afora, rosnando, mostrando os dentes ao pretinho que havia furtado uma posta de peixe! Quantos iriam ali réus do mesmo crime, ou talvez de outros piores?

Um que não escapou a esse juízo, por mim feito, foi por certo o burguês dos brilhantes. Aquele é, sem dúvida, ladrão e dos legítimos!

Novo Rumo, RJ, ano I, n? 12, 20 jul. 1906.

NA RUA

Sacha Volant

Chove. Um silêncio pesado amortalha a cidade adormecida. Um vento gelado penetra-nos até a medula dos ossos.

Encostado a uma vitrina cintilante de joias, está um pobre mendigo. Os andrajos que deviam preservá-lo da irritante garoa estão completamente ensopados d'água.

Aos poucos notívagos que se recolhem às suas casas ele estende a sua esquálida mão. Um luxuoso automóvel para um instante diante da vitrina. Dentro do aparatoso veículo há um homem e duas mulheres. Um vago perfume de delícias estranhas escapa-se por entre os cristais abaixados.

O mendigo, com uma louca esperança, estende a mão, súplice.

Mas eles não o podem ouvir... contemplam as caras joias que irão comprar amanhã...

MORAL: Uns não têm para comer, enquanto outros esbanjam joias inúteis.

O Internacional, SP, ano IV, n° 76, 15 jun. 1924.

COTIDIANO OPERÁRIO

O ADULADOR

P. Industrial

Conhece-o, companheiro? É um desgraçado que se esqueceu de que é homem e transformou-se em cão.

Não tem uma palavra para os poderosos que não seja de submissão, nem um ato prático que não seja servil.

É odiado pelos companheiros, a quem prejudica em benefício dos patrões, é desprezado por estes, que o reconhecem indigno.

Não tem vontade, não tem honra nem dignidade de homem. As injustiças e os insultos dos patrões não o revoltam, nem o fazem corar, porque não tem brio.

Nunca será capaz, ainda mesmo que tenha de descer a uma infâmia, de desobedecer às ordens do mestre.

É pior que a besta, porque esta às vezes se insubordina contra a vontade ou a tirania do domínio.

Já viste em uma oficina o trabalhador que, ao chegar o mestre ou o patrão, logo dele se acerca para argui-lo do estado de sua saúde?

Tens notado aquele que, mal o mestre dá sinal de cansaço ou incomodado de saúde, se apressa em levar-lhe uma cadeira para que descanse?

Conheces aquele que se finge o teu amigo, quer saber de tuas opiniões, do juízo que formas do teu mestre, para ter o que contar-lhe?

Viste aquele que para ser agradável ao patrão prejudica um trabalhador como ele, carregado de família, indicando quem faça as obras por menor preço?

Observaste o covarde que, confiado na proteção do mestre, insulta ao companheiro digno e honesto e quando este o repele vai intrigá-lo e consegue tirar-lhe o trabalho e o pão?

Reparaste aqueles que têm as chaves dos armários e das gavetas onde há peças de ferramenta que não querem dar aos outros operários, que são assim prejudicados?

Todos esses são aduladores, os judas do operariado, com quem nos aborrecemos e de quem os nossos filhos maldirão a lembrança.

Aurora Social, PE, ano I, nº 11, 1º out. 1901.

UM SONHO

Chapeleiro Anônimo

Um dia, eu sonhei que havia uma fábrica de chapéus na rua de São Pedro, e onde trabalhavam muitos operários. Dentre eles, tinha um com o nome de Celestino Gomes, vulgo "Celestino da Inês", e este era um tratante de marca.

Numa ocasião, o enformador ficou doente, e cada oficial tinha de enformar a sua obra. O tal Celestino, querendo aproveitar a ocasião para galgar um postozinho, chegou então perto do mestre e disse-lhe:

– Sinhor mestre, se quer, eu vou informar obra para todos (e mesmo para levar ao seu conhecimento que ele era o faz-tudo).

O encarregado diz-lhe:

– Pois sim, vai informar...

E lá foi o grande homem. Mas, quando foi meio-dia, então era ela... que nem para diante, nem para trás, porque ficou com as mãos cheias de bolhas e teve de chegar perto do encarregado e dizer-lhe:

– Sinhor mestre, não posso mais, por causa das mãos não estarem aquestumadas...

Com certeza, enformar chapéus não é fazer fanfarronada nem adular; aqui eu senti tão grande satisfação, que de alegria até acordei, mas, visto a ilusão, virei-me do outro lado de mau humor.

E continuei a sonhar que construíram outra fábrica de chapéus na rua Dr. Sattamini, e ali então as nossas terrinas eram mais mimoseadas e enxergava-se melhor por ser a fábrica maior e não existirem compartimentos senão simplesmente na repartição de forração (coisa justa) e onde só pode entrar o encarregado para repartir o trabalho. Pois bem: agora os companheiros vão saber até onde chega a coragem deste cogumelo de Celestino, tão ignorante era este infeliz que entrava sem pedir licença (é verdade que, sendo um erotômano, não é responsável pelos atos de aberração que comete) – e ninguém entrava pelo escritório e passava pelo salão onde trabalhavam as forradeiras, e de lá para a cozinha, que é onde se mudam de roupa e aquecem a comida etc. Como ele, devido ao seu estado "patológico", não tomasse vergonha, ao ser mandado retirar daquela repartição, então as nossas companheiras queixaram-se ao encarregado, dizendo-lhe que aquilo era abuso de confiança. O encarregado, sabendo disso, então chamou o erotômano Celestino à ordem, proibindo-lhe entrar naquela repartição: quando quisesse alguma coisa, que se dirigisse a ele, porque ficava-lhe feio entrar numa repartição onde só existiam moças solteiras e senhoras casadas.

Porém, o grande pândego nada ouviu devido à sua doença, e continuou a frequentar a cozinha, até que um dia o patrão o viu, chamou o encarregado e perguntou-lhe:

— Esse homem, que vai fazer lá dentro, que atrevimento é esse?

Respondeu o mestre:

— Eu já o chamei à ordem e ele continua a abusar.

Então o patrão chamou o tal "erotômano" e disse-lhe:

— Sr. Celestino, essa repartição não é de homem, é só para senhoras; não quero que o senhor entre aí, porque eu também não entro: quando preciso de alguma coisa, dirijo-me aos encarregados.

Que bofetada, hem?

E como ele é um doente, "erotômano", e esta doença tem grande influência no estado nervoso, sofre de neurastenia e anda implicando com os companheiros, máxime com um companheiro dele, a discutir feio e forte. Aproveitando a ausência deste, foi perto do encarregado e disse-lhe:

— Sinhor mestre, eu não posso trabalhar ao pé daquele homem, coitado, o seu estado é triste, a hipocondria é danada quando ataca o indivíduo.

O encarregado não tomou o caso a sério e chamou-o ao respeito que devia ele ter para os seus companheiros. Porém, o que mais me incomodava no meu sonho era o tal "Sinhu", e escutei uma voz que disse: "Companheiros, para curar esse doente a melhor mezinha é a lei de FAFE..."

Um dia disseram que um jornal da classe, *O Baluarte*, trouxe ele nas notas negras, para ver se ele ficava manso, e não é que o diabo do degenerado ficou mais bravo e soltou a língua contra a Associação e seus associados e os chamou de filhos... da mãe dele; e como o insulto fosse dirigido à classe, vendo a atitude de alguns dos nossos bons amigos, dirigiu-se a um nosso companheiro e pediu-lhe desculpas: estava pronto para entrar de sócio (tudo medo! os covardes assim procedem). Pois, passados quinze dias, este nosso companheiro chegou perto do "erotômano" Celestino e perguntou-lhe se cumpria com sua palavra, o que tinha prometido na sua estupidez de medo, efeito de sua enfermidade, isto é, de maniático. Pois eu, palavrinha de honra, gostei, porque ele então respondeu que não entrava para sócio; conhecendo bem o seu ínfimo papel, tratou então o nosso amigo de convencê-lo. Fez-lhe ver então que aqui só se almejava que fossem sócios ou sócias todos os operários que tivessem consciência de gente. Ele a esta resposta disse que o podiam propor, mas que estava disposto na primeira greve a ser traidor de seus companheiros.

– Pois bem, então não o proponho.

Neste ponto acordei, passei a mão pela cabeça porque na verdade estava com o cérebro cansado e a ideia preocupada, lavei-me o rosto, tomei café e sempre pensando no sonho e desejando encontrar um amigo para desabafar a má noite que tive. Chegando ao trabalho, reuniram-se aqueles companheiros com quem eu tinha mais afinidade e, contando-lhes o sonho, todos responderam que eu tinha sonhado uma realidade.

– Companheiros, se isso é verdade, onde estais, por que dormir? É assim que se dá mais um passo à frente, como dizem os camaradas que fazem propaganda?

– Alto lá, amigo, não te entusiasmes. Eu também tive um sonho. Era um dia em que o mesmo indivíduo foi a um enterro em comissão, representando (que mau gosto) o mestre. No caminho então pensou e disse: "Para ganhar a amizade do 'símio', dá-se-lhe banana, e eu posso com uma melancia comprar alguns companheiros. Dou-lhes uma fatia a amiguinhos certos, em particular ao mestre." Dito e feito: nisto acordei e saindo de casa cá estou.

Já um outro companheiro me disse que sonhei uma realidade porque ele tinha visto alguns operários devorando uma melancia, e sobre a mesa do mestre viu uma fatia de melancia posta lá pelo erotômano Celestino.

Pois na verdade vos digo que, se a um companheiro mau numa fábrica não se lhe ensine a ser homem, que dirá meia dúzia. Aqui é que eu queria ver o tal bicho que não conheço e é chamado União.

O Baluarte, RJ, ano I, n? 12, 15 dez. 1907.
Assinado por "Um Sócio".

POVERO VECCHIO!

Neno Vasco

Há dias fui ver o C. O meu amigo fora do centro (sic) trabalha num mister desagradável. Quando cheguei, com o Donati, ele lá estava, num vasto armazém térreo, a separar os papéis apanhados pelas ruas... O armazém é velho; o cal das paredes caiu em muitos lugares e todo o recinto tem o ar escuro, triste, úmido dum subterrâneo... Fardos de papéis prontos a partir para a fábrica encostam-se à parede do fundo; uma fresta gradeada lança por cima deles uma luz escassa; e pelos cantos do casarão há um fogão, uma pia de lavar louça, mesas, um montão de coisas anônimas. C., que é italiano, é um operário inteligente e instruído, tem viajado muito: já esteve em França... Quando nos viu, levantou-se, veio ao nosso encontro: – Come stai? – O meu amigo ainda não sabe bem o português; e porque, a meu turno, não compreendo muito bem o italiano, às vezes fala-me em francês: – Comment ça va? E eu: – Ça va bien, tout de même.

Saímos para o passeio. Por um momento, paramos à porta dum outro armazém, ao lado, onde se empacotavam os papéis. C. contava todo o seu horror por aquele trabalho porco e insalubre. Dizia um *ma che fare?* desalentado; e lá dentro dois homens, dois italianos, calculavam os papéis [e] atavam-nos.

De repente, curvado sob um saco pesado, um velho entrou. Os dois operários endireitaram-se, tiveram assim uma alegria fúnebre.

– Ah! povero vecchio! povero vecchio!

Seguimo-lo todos com o olhar. O velho foi pousar a carga; e depois a corcova ficou, não desapareceu aquela giba quando o saco caiu. Parecia que algum peso lhe ficara ainda sobre as costas.

– Povero vecchio! Povero vecchio! – diziam ainda os homens.

E o *povero vecchio* não teve um sorriso para os companheiros, um raio de alegria. Saiu com os seus passos hesitantes, com o seu olhar espantado meio demente, com todo o seu ar abatido, fatigado, triste-triste como a própria tristeza. Não compreendia, não ouvia nada do que lhe diziam: mas, rua abaixo, parecia ir pensando profundamente. Em quê? Talvez, talvez nessa sábia e indiscutível verdade: que o capital é o produto da própria economia, do trabalho próprio. Ele, para exemplo.

C., no seu tom estrangeiro, disse:

– Mais de setenta anos...

E olhou-me. E olhamo-nos. E as palavras foram inúteis: os nossos olhos tudo disseram, um sorriso triste sublinhou-o...

– Comment ça va?

– Ça va bien, tout de même.

O Amigo do Povo, SP, ano I, n? 1, 19 abr. 1902.

A VITÓRIA DA FOME

Pausílipo da Fonseca

Os paredistas foram esgueirando-se um a um por entre os soldados da ronda, que, de ordem superior e sob ameaça de prisão, proibiam a circulação de grupos. Às dez horas da noite pesava sobre a rua um silêncio trágico, apenas cortado de espaço a espaço pelo tropel cadenciado dos cavalos das patrulhas e pelos brados de alerta das sentinelas. Os bondes que passavam, de meia em meia hora, subiam e desciam completamente vazios. Todas as casas estavam fechadas, o que aumentava a escuridão, de onde a onde fracamente ferida pela luz agonizante dos raros lampiões públicos.

A noite passou calma, sem que houvesse a mínima perturbação da ordem. Com os primeiros albores da manhã foram-se abrindo as primeiras casas. Os estabelecimentos comerciais escancararam de par em par as portas. Viam-se os empregados trabalhando no serviço da limpeza. Os padeiros andavam de um para outro lado servindo à freguesia. Passavam mercadores ambulantes vergando à carga dos enormes cestos de peixes e verduras. Raros veículos rodavam estrepitosamente pelas pedras do calçamento. Era o bairro que despertava para os labores da vida prática. Mas naquele dia acordava debaixo duma atmosfera de apreensões que geravam um mal-estar para toda a população. Sentia-se um vácuo na alma coletiva com a ausência dos operários da fábrica que não passavam para o trabalho, como todas as manhãs. Em vez das caravanas dos humildes obreiros do progresso, viam-se soldados armados até os dentes, a percorrerem a rua numa atitude arrogante de hostilidade mal contida. Atemorizadas pela exibição aparatosa da força, as famílias mal ousavam abrir as janelas timidamente para providenciar sobre a compra de mantimentos. Rostos pálidos espreitavam pelas frinchas das venezianas a aproximação dos caixeiros que deviam trazer as encomendas do dia. Esforçando-se por dominar o temor íntimo, foram aparecendo alguns populares pelas proximidades da fábrica. Indagavam se havia alguma novidade, na esperança de que os patrões estivessem dispostos a ceder. Mas o grande portão de ferro, fechando solidamente a entrada do edifício da fábrica, era como um desafio insolente à dignidade dos grevistas.

Às nove horas, quando a aglomeração era maior, foi afixado um boletim em lugar que pudesse ser lido por todos os presentes. Constava dum aviso no qual o gerente declarava, em nome da diretoria, que, tendo em consideração haver a maioria dos operários sido vítima da exploração de meia dúzia de exaltados, estava disposto a readmitir os inocentes ao trabalho. Desde aquela data, porém, deviam considerar-se dispensados, podendo ir receber o salário que tivessem de saldo, os promotores do movimento. Seguia-se uma lista de sessenta operários como tal considerados.

Após a leitura do boletim ouviu-se um murmúrio de provocações. Entre os circunstantes achavam-se muitos dos arrolados como da greve. Alguns destes empalideceram do susto, embora procurassem não dar parte de fracos. Os que não tinham os nomes na lista traíam a alegria íntima de haverem escapado ao arresto. Estas desencontradas disposições de ânimo, originando desconfianças recíprocas, iam dando lugar a altercações, quando o oficial de serviço aproximou-se do grupo e intimou-o a dispersar-se. Não queria discussões nas proximidades da fábrica. Os operários podiam ler o boletim, mas em seguida tratassem de voltar para suas casas. A fábrica só seria aberta para aqueles que desejassem trabalhar, nos termos do aviso, no dia seguinte.

Com o passar das horas foi crescendo a agitação em todo o bairro. Da tarde até a noite houve diversos incidentes que ocasionaram a prisão de alguns grevistas. A diretoria da fábrica dera ordem aos estabelecimentos da localidade para fornecerem aos soldados comida e bebida à discrição. Era um meio de tê-los presos, pela gratidão, ao ódio aos operários. Vendo-se assim tratada, a soldadesca começou a abusar da liberdade. Não tardou muito que uma grande parte da força estivesse embriagada, a promover desordens, provocando, insultando os grevistas que encontrava. As praças da cavalaria deram para disparar os cavalos, atropelando os transeuntes com as suas correrias. De quando em quando, uma delas perdia o equilíbrio e caía redondamente, causando alarma com o fracasso do baque das armas nas pedras do calçamento. Outras bamboleavam o corpo na sela, mantendo-se montadas por um prodígio de equitação.

Essas cenas burlescas eram acompanhadas de formidáveis assuadas da garotagem que se reunira para gozar o espetáculo da original cavalgata. Às vaias, os soldados respondiam com blasfêmias e corriam atrás dos manifestantes, que se lhes escapavam pelos becos e pelos atalhos do morro para voltarem, pouco depois, a repetir a brincadeira. Não raro se ouvia o estampido duma arma, detonada a esmo para infundir terror ou por ostentação de bravata.

A brutalidade dos soldados ébrios, que tratavam toda a população como escravos num país conquistado, ia alimentando uma irritação muda em todos os ânimos. As mulheres lamentavam intimamente a fraqueza que as colocava na impotência de castigarem a audácia daqueles invasores de nova espécie. Na falta de melhor arma de ataque, rogavam-lhes pragas. Mas não tinham a coragem de expandir em voz alta a sua indignação.

Um indivíduo mais animoso que saíra à rua para protestar contra o espancamento selvagem duma menor, já pagara bem caro a sua audácia. Os soldados haviam-no prendido e conduzido, debaixo de pontapés, socos e bofetadas, à presença do delegado, a quem acusaram cinicamente de estar promovendo desordens. A autoridade agravou o suplício do infeliz, cobrindo-o de apodos, injuriando-o e mandando recolhê-lo ao xadrez, sem a menor formalidade de inquérito ou interrogatório para apurar a veracidade da acusação.

A notícia desse fato, ao mesmo tempo que acirrou mais a perversidade dos soldados contra os paisanos, infundiu no ânimo destes um terror próximo do pânico.

Assim chegou a noite, ainda mais sombria e trágica do que a anterior. Só na sede da associação havia algum movimento dos grevistas ali reunidos em sessão permanente.

Por volta das oito horas o presidente declarou aberta a segunda assembleia geral extraordinária.

Depois de dizer que os patrões não se haviam, sequer, dignado receber a comissão que fora incumbida de tratar com eles em nome dos companheiros, entrou a exprobrar em linguagem violenta essa falta de respeito pelo direito dos oprimidos. À proporção que ia falando, o auditório entusiasmava-se pelo tom revolucionário da sua palavra desataviada e brutal. Pessoas que alguns momentos antes cochilavam sobre os bancos com os ânimos abatidos pela incerteza, quase descrença na vitória, agora vibravam de indignação, secundando as objurgatórias do orador com apartes violentos, expressões de ameaças ferozes.

Terminado o discurso do presidente em meio de aplausos calorosos e gritos de vingança contra a burguesia, outro operário pediu a palavra.

Este era popular entre os companheiros pelo arrebatamento visionário das suas ideias extremadas. Nos dias calmos poucos eram os que concordavam com a sua propaganda das teorias anarquistas mal aprendidas nos livros e revistas das bibliotecas vermelhas. Os seus entusiasmos pela ação direta, grosseiramente identificada no emprego da dinamite e nos atentados pessoais, não eram de molde a encantar a alma simples dos que, vivendo para o amor da família, suportavam o trabalho como uma contingência dolorosa, mas não acoroçoavam a ociosidade que produz as perturbações da ordem e o desassossego de espírito no seio do lar tanto do pobre como do rico. Era com geral repugnância que o ouviam fazer a apologia das figuras terríveis dos pioneiros da destruição pela destruição, dos sanguinários manejadores de petardos e dos assassinos de reis e chefes de governo como Ravachol, Caserio Santo, Bayan, Brecci e tantos outros de trágica celebridade. Havia mesmo quem lhe augurasse mau fim e aconselhasse os camaradas a fugir ao perigo de futuros dissabores, evitando a sua convivência perniciosa.

Prestigiado por essa sombria celebridade, não foi difícil ao segundo orador fazer a assistência delirar nos espasmos duma febre revolucionária. Todos aplaudiam a maneira agressiva, insultuosa, com que ele se referia à burguesia, não se detendo na fúria alucinada do ataque nem diante da barreira da moral, oposta pelo respeito devido à honra da família alheia.

Dentro de pouco tempo a assembleia já degenerara numa reunião tumultuária, em que todo o auditório impava de indignação, esbofando-se num alarido, possessa de raiva.

"Abaixo a burguesia! Morram os exploradores! Viva a classe operária!"

Esses brados, à guisa de incitamento à luta, eram proferidos com frenesi.

> *Correio da Manhã*, RJ, 8-9 nov. 1911.
> O episódio é parte do capítulo XI do romance *A vitória da fome*, que Pausílipo da Fonseca publicou em folhetins pelo *Correio*, de 17 de outubro a 8 de dezembro de 1911.

AS REIVINDICAÇÕES DA CANALHA

Everardo Dias

Ó canalha boçal e repugnante, vais afinal convencendo-te de que ninguém de ti faz caso? Não ganhas para a exígua satisfação das tuas necessidades – e por isso gritas contra os teus patrões, contra os teus senhores, contra os teus governantes...

Achas, ó vil canalha, que trabalhas muitas horas e ganhas o insuficiente para viver, para poder arrastar a tua mísera existência de escravo, sem ideais e sem desejos... É por só passares fome que gritas, plebe imunda!

O teu destino há de ser o aniquilamento completo. Desengana-te, corja vil. Tens que ser a eterna besta de carga, a alimária da nora, a girar, a girar da manhã à noite, em passo tardo e igual até não poder mais.

Berraste, saíste para as ruas em magotes, a reclamar mais pão e menos serviço – e o teu patrão avisou logo a polícia, cognominou-te revoltada e criminosa, vituperou-te como estrangeira e suja, caluniou dizendo-te farta e bem paga – e os governantes, indignados com as tuas reclamações sediciosas e extemporâneas, atiraram contra ti os homens das casernas, que te tosaram bem, medindo-te, entre risos escarninhos, as espáduas esquálidas com o seu sabre reluzente e flexível.

Afinal, que ganhaste? Por terem dó de ti, que apanhaste chorando docilmente, sem revolta, deram-te mais uma migalha no ordenado e concederam-te uns minutos mais de descanso... *Algo es algo...* Mas o feijão continua a subir, o pão mirra cada vez mais, a carne (tu ainda comes carne, é, miseranda canalha?) resume-se a uns frangalhos sebosos e um osso que se adquirem a mil e tantos réis o quilo, as batatas são objeto de luxo, os legumes nem se bispam, e assim anda tudo por esta cristianíssima Pauliceia... Como poderás tu, ó canalha fétida e repugnante, encher o grosseiro bandulho, se os alimentos mais vulgares e triviais assumem foros aristocráticos?

Pobres filhos da escumalha, desde o respeito até a justiça, desde o bem-estar até a alegria, desde a carne até a batata – tudo foge de ti... Produzes o mesmo efeito que a peste!

Basta, pois, de declamações néscias e de queixas ridículas. Resigna-te à tua condição de escrava. Não perturbes mais o plácido viver dos cavalheiros que governam a nau do Estado ou se alcandoram na Bolsa...

Que há de meninas pálidas e enfezadas, moças anêmicas e tristes, velhas esquálidas e encarquilhadas devido ao mau passado e ao exaustivo trabalho? E que têm eles com isso? Não nos deram ruas primorosamente empedradas, asfaltadas e arborizadas nos bairros chiques de Higienópolis, Avenida Paulista e Campos Elísios, para que os automóveis rodem sem abalo, suavemente?

Que há de crianças que timidamente estendem a mão aos transeuntes implorando um tostão para matar a fome implacável que lhes rói as tenras vísceras? E para que há agentes de polícia e guardas cívicos senão para castigar e prender inexoravelmente esses malandretes que, em vez de estarem curtindo a fome a um canto de sua água-furtada, expõem, imprudentemente, a sua ignóbil miséria?

Que nestas brumosas manhãs de outono há miseráveis que revolvem febrilmente as latas de lixo antes de irem para o carro, procurando trapos velhos, papéis servidos, umas tronchas semipodres ou uns restos de comida misturados com cinza para apaziguar as raivosas contrações dos intestinos? Quem assiste a esses deprimentes espetáculos? Não são as respeitáveis damas da "elite", que a essa hora matinal ainda repousam placidamente nos fofos e ricos leitos. Nem são os "almofadinhas" e demais "meninos bonitos" que recolhem de madrugada, depois de haverem compartilhado de todos os prazeres da crápula durante a noite inteira. Nem são os jogadores, os notívagos frequentadores dos bordéis de alto bordo, os boêmios de alta e baixa estofa, pois todos eles nesse momento têm os olhos embaçados pelo sono e pelo álcool e não reparam nessas coisas repugnantes e infames.

E então aqueles que moram em quartinhos reduzidos e quentes como fornos, em porões baixos e úmidos, em cortiços infectos e escuros! E em todas essas *habitações* há sempre uma criança que chora porque os seios mirrados e moles, como trapos, da mãe não dão mais o suco leitoso; há uma mãe que suspira vendo morrer extenuado o filho tuberculoso; há um moço que medita um crime; há uma jovem que compara a sua sorte à das prostitutas e imagina com ânsia na perdição; há um homem que jura e maldiz...

Que belo quadro, hem, canalha imunda? Desejas coisa melhor que habitações repugnantes, fogãozinho quase sempre apagado, leitos de capim moído, cadeiras esculhambadas, esse cheiro penetrante e crasso de miséria que perfuma o ar denso e mortífero que nunca se renova nem se purifica?...

E, no entanto, ó canalha miserável, lá pelos começos de 89, quando te agitavas e mexias sonhando um porvir ditoso em que a dignidade e o trabalho te elevassem e engrandecessem, eras capaz de supor continuar nesta abjeção? Aqueles delírios de emancipação, aquela ânsia de sair da tua esfera, aqueles protestos contra tudo o que coartava a tua liberdade deviam merecer o prêmio merecido – e agora estás gozando o resultado da tua candura... Por que não chamas a contas todos aqueles que te engodaram – perguntando-lhes pela liberdade e pelo bem-estar que eles, em discursos inflamados, te prometeram tanta vez, logo que triunfassem?

Já os quiseste chamar a contas?... Ah, sim? E que foi que eles te disseram? Nada? Ah! ah! ah!... Mandaram espadeirar-te e moer-te os lombos com o chanfalho policial?... Pois então que querias, gentalha fétida? Talvez que eles descessem dos seus faustosos palacetes ou apeassem dos seus confortáveis automóveis para te abraçar e consolar?... Tu andas muito iludida, plebe esfarrapada. É necessário que compreendas que eles, hoje, já não precisam mais de ti. Eles não necessitam mais de ouvintes para os seus discursos, porque não fazem mais discursos, só pensam nos negócios que dão riqueza, poderio e esplendor. Para ser eleitos eles dispõem em cada localidade de um ou dois pajés, a que dão o nome pomposo de chefes políticos e que os servem com dedicação pasmosa recorrendo à Mallat quando os votos são poucos... Tu és, pois, unicamente a besta paciente e laboriosa, cuja única missão consiste em trabalhar, trabalhar, trabalhar, até que a morte te redima dessa triste abjeção!

Que não queres que isto assim continue? Tu deliras, corja submetida. Como podes fazer prevalecer as tuas aspirações igualitárias e justiceiras se estás desunida e fraca, se és incapaz de pôr-te de acordo, e quando algum revoltado audaz te quer fazer compreender os teus direitos e como deves proceder, vem a polícia, prende o orador e tu nem a audácia miseranda tens de protestar e opor-te à iníqua prisão?

Que me dizes de Domingos Pereira? Que fizeste até agora por ele? Que és capaz de fazer por ele, ó escumalha aviltada e vilipendiada? E ele está preso por ti, é por ti que ele está sofrendo o cárcere há um mês e foi brutalmente espancado e barbaramente tratado pelos algozes da Polícia...

A liberdade não se implora nem se pede. A liberdade conquista-se, a liberdade toma-se.

Sois capazes disso, ó filhos do Pó?

Pois, quando o fordes, tereis conseguido a vossa integral emancipação.

A Plebe, SP, ano II, nº 17, 14 jun. 1919.

A FÁBRICA

Felipe Gil

Como era sábado, as operárias saíram às quatro horas da tarde.

Umbelina, uma jovem tecelã de dezenove anos, linda como os amores, possuidora de um corpo plástico e sensual, caminhava automaticamente por entre as suas companheiras, olhando com tristeza o bando enorme de moças, que, semelhando uma revoada de pássaros chilreadores, estendiam-se em fileira desde os portões da fábrica, que ficava a cismar lá no fundo escuro da alameda, encerrando nos seus laboratórios as mil e uma tragédias da vida cotidiana e as cinco mil vidas que se arrastavam em massa ao correr das muralhas, desse edifício colosso em cujo interior ficavam pedaços esfrangalhados de almas escravas que chilreavam, comentavam, riam, esquecidas da sua humanidade, abandonadas ao acaso em uma sociedade que as explorava, as humilhava, aniquilando-as, destruindo-as!

E Umbelina ia triste.

Desde alguns dias que as companheiras vinham notando aquela tristeza que lhe não era peculiar e ninguém havia ainda descoberto os motivos que a tornavam tão contrária ao que ela era noutro tempo, quando passava os dias de trabalho a cantar junto aos teares, como se o seu canto fosse um hino de sacrifício a embalar o holocausto da sua vida.

Apenas se falava vagamente no seu namoro com o gerente da fábrica, mas isso, pensavam elas, longe de a entristecer, devia torná-la contente por ter a sorte que muitas lhe invejavam de agradar ao senhor Jorge, o gerente das grandes fábricas de tecidos do comendador XXX, homem de grande futuro e que não era nada feio.

Ricardina, que ia ao seu lado, interpelou-a:

– Você anda agora muito triste... O que é que você tem?

E ela olhava para sua amiga com uma espécie de admiração e censura:

– Você acha?

– Todas têm estranhado...

– Pois eu não tenho nada.

E continuava triste.

Ao chegar à casa, rompeu em soluços e estremecimentos, como se uma pilha elétrica a agitasse em convulsões de erotismo da dor. E diante da interpelação do pai:

– Olhe, meu pai, o senhor mate-me, mas não me force a ir mais à fábrica.

– Hem?! O que é que dizes? Achas pesado o trabalho, hem? Tens bom corpo... Você pensa que é só andar por aí a namorar os almofadinhas? Não! É preciso trabalhar... A vida não está para estar à boa vida...

– Oh! meu pai, pelo amor de Deus, não me force a trabalhar na fábrica; eu trabalho em qualquer lugar... prefiro até trabalhar mais...

– Em nenhuma parte ganharias como na fábrica; não, não, o teu lugar é lá, queiras ou não... e, depois, que razões tens tu para assim procederes?

– Não, papai: não me force a ir à fábrica; vou ser criada, vou trabalhar onde o senhor quiser, menos ali.

– O que tu querias era andar por aí a namoricar os almofadinhas. Não, à fábrica é que tu hás de ir.

Umbelina encarou com uma expressão rude o rosto avinhagrado do pai, e disse-lhe secamente, como se fosse uma sentença:

– Não vou!
– Não vais por quê?
– Porque o senhor Jorge me persegue.

E o rosto de Umbelina se cobriu de uma cor de sangue.

Pelos olhos do pai passou um clarão que expressava, ao mesmo tempo, dois sentimentos diversos: a esperança e a desilusão.

Ver sua filha casar com o senhor Jorge, o gerente das fábricas, usufruindo, ele também, das melhorias que à sua vida traria esse casamento, ou deixar escapar essa felicidade porque sua filha se obstinava em não ir à fábrica... não! Decididamente não consentiria no capricho da sua filha.

Ao mesmo tempo, lembrou-se também de que sua filha podia ser arrastada ao enxurdeiro pela ação persistente de Jorge, e viu-a desonrada, abandonada, perdida.

Ah! e a lei? Para que era então feita a lei? Isso viu-o ele num relâmpago, como duas marteladas que lhe dessem no crânio fazendo acordar ali duas ideias opostas, que descansavam juntas sem o menor rancor.

– Não vais? Veremos. Ou à fábrica, ou rua...

Da parte da mãe também Umbelina achou obstinação, alegando que a vida estava muito cara, que não poderiam viver sem o concurso dela.

E dizia isso beijando-a muito, como uma súplica, com lágrimas. E assim, em face ainda de duas opressões diferentes, duas forças antagônicas que aqui se uniam para a aniquilar – a imposição do pai e o amor da mãe, a Força e o Amor –, Umbelina resolveu continuar na fábrica.

Quando já haviam passado alguns meses, durante os quais não se falara mais nisso, Umbelina chegou uma tarde à casa com os olhos pisados de chorar, transparecendo à sua mãe contristada a tragédia da sua alma. Ao vê-la assim, a mãe, que lhe queria muito, não pôde conter-se e foi também derramando lágrimas e lhe disse: "Não te aflijas, minha filha; não irás mais à fábrica: vou dizer a teu pai que fui eu quem te proibiu que fosses..." E beijava-a com amor.

Umbelina, vendo na mãe a imagem da sua dor, a sua própria imagem, resolveu ser-lhe franca, abriu-lhe o peito com franqueza:

– Agora, minha mãe, é muito tarde!... Não continuo porque fui hoje despedida...

– Mas, então, por que choras? Antes assim...

Foi então que Umbelina lhe confessou que fora despedida porque o senhor Jorge, que antes a perseguia com palavras de amor, depois de a possuir, olhava-a com desprezo. Nesse dia, porque ela lhe pedira explicações da sua atitude, mandara-a embora, despedindo-a do serviço.

Quando o pai soube do ocorrido, vislumbrando sempre o interesse criado por ele do casamento, fez, quase, com alegria, fingindo muita dor, um espalhafato medonho em torno da desgraça de Umbelina. Gritou tanto, que alguns vizinhos acudiram a ver o que se passava.

Tendo Umbelina advertido o pai de que o escândalo a prejudicava, este respondeu-lhe:

— Só o escândalo consegue acordar os homens da lei.

E foi assim, depois de fazer muito escândalo, convencido de que todo o mundo estava a seu lado, que foi procurar o senhor Jorge, fazendo-se acompanhar de Umbelina, de quem ele ia apregoando a desonra pelo caminho, expondo-a à multidão, exibindo-lhe a desventura de sua fraqueza, sempre com essa necessidade de escândalo para acordar os homens da lei...

Com a certeza de ter razão, foi com autoridade que fez notar ao senhor Jorge, quando já em sua casa, o estado de sua filha, intimando-o a reparar a falta que havia cometido. Mas, categoricamente, o senhor Jorge lhe disse que *não*, e que não estava disposto a perder tempo com conversas fiadas...

Vendo fugir a sua esperança, desmoronaram-se os sonhos de ambição, e o velho operário lançou-se sobre Jorge, disposto a fazer justiça por suas mãos (nem se lembrou da lei), fazendo-o pagar com a vida a desonra de sua filha.

Umbelina, que assistia à luta entre o pai e o amante, entre o homem que lhe dera o ser e o que a fizera gozar os primeiros eflúvios da posse, sentia-se pouco à vontade e a sua primeira intenção foi chamar por socorro.

Detida por uma espécie de amor-próprio, não querendo que a sua desonra se propagasse mais, debatia-se numa luta cruel, íntima, em que todo o seu ser vibrava numa comoção estranha.

Ao canto da sala, abandonada, ali, como uma coisa qualquer nos seus dias de folga, uma espingarda assistia muda e quieta, numa atitude inorgânica, a este jogo de interesses, à luta dos dois contendores, em que um procurava conservar a sua posição e o outro ansiava por galgar as posições...

Subitamente, um estremecimento mais forte percorreu o corpo de Umbelina: o pai subjugava o seu rival, levando partido na luta.

Sentiu acordar o coração de amante, e a ideia de que o amante podia sucumbir às mãos do pai fez com que ela olhasse para a espingarda, como a salvação do seu amor...

De um salto, dominada por um sentimento de defesa, agarrou a espingarda.

Jorge vacilava. As mãos robustas do velho operário procuravam agarrar-lhe o pescoço.

O tiro partiu, e o corpo do pai tombou, num espasmo de dor, dando um grito medonho.

Atraídos pelo estampido do tiro e pelos rumores da luta, os guardas de serviço nessa rua entraram em nome da lei. E, friamente, Jorge apontou aos homens da lei a assassina do próprio pai, condenando os "efeitos" de uma "causa" que ficava impune, deixando como protesto vivo a imperfeição da obra de Deus e o sofrimento excelso de uma mãe encerrada na dor profunda de sua viuvez!

O Internacional, SP, ano I, n? 71, 1924.

SOBRE OS AUTORES CONHECIDOS*

ASTROJILDO PEREIRA (1890-1965) – Jornalista, polemista e crítico literário, converte-se jovem ao anarquismo, participando do movimento pacifista com artigos violentos contra a Primeira Guerra Mundial, que aparecem em *Na Barricada*, em *O Clarim* e em *A Voz do Padeiro*. Colabora ainda na organização do Congresso Internacional da Paz, no Rio de Janeiro, em 1915. Escreve intensamente na imprensa operária, em cuja luta se engaja dirigindo jornais como *Spartacus* e *Voz do Povo*, do qual foi representante no Terceiro Congresso Operário, em 1920. Lidera a fundação do Partido Comunista em 1922 e lança no ano seguinte a revista *Movimento Comunista*. Representa o PCB no V Congresso

---

* Dada a natureza do material compilado para esta antologia, boa parte dos autores reunidos é composta de militantes operários anônimos, de escritores que assinavam sob pseudônimo e de outros cuja biografia intelectual e política não foi possível recuperar. [N. dos Orgs.]

Internacional Comunista realizado em Moscou em 1924. Além de artigos, estudos e outros escritos, é autor de *Formação do PCB* (Rio, Vitória, 1962), *Interpretações* (1944), *Pensadores, críticos e ensaístas, A Revolução Russa e a imprensa* (1949) e *Crítica impura* (1963).

AVELINO FÓSCOLO (1864-1944) – Farmacêutico de profissão, pauta sua vida pela adesão intelectual e humana aos ideais libertários, sendo lembrado pela dedicação dirigida aos doentes e despossuídos. Jornalista, romancista e dramaturgo, é pioneiro da imprensa anarquista em Sete Lagoas, MG, fundando jornais como *A Vida* (1893), depois intitulado *O Industrial* e mais tarde *Nova Era*. Entre suas obras de literatura social, estão os romances *O mestiço* (1903), *A capital* (1903), *Vulcões* e *O jubileu* (1920), além do folhetim *No circo* e de outros textos inéditos como *Na feira* e *Morro velho*. Tem participação decisiva no teatro social, de que foi grande incentivador, escrevendo peças, dirigindo espetáculos e fundando grupos amadores, com os quais leva à cena diversas peças de fundo libertário. São dele *O semeador* e *O demônio moderno*, dramas, e a comédia *Cá e lá... águias há*.

DOMINGOS RIBEIRO FILHO (1875-1942) – Funcionário da Secretaria da Guerra no Rio de Janeiro, foi colega de repartição de Lima Barreto. Converte-

-se jovem às ideias de Kropotkin, que divulga pelos jornais libertários e através de palestras e encontros políticos. Milita muitos anos na revista *Careta*, na qual aparece sob o pseudônimo Dierre Effe. Colabora na imprensa anarquista, para a qual escreve contos, artigos, crônicas e sátiras. É autor dos romances *O cravo vermelho* (1907), *Vãs torturas* (1911) e *Uma paixão de mulher* (s.d.), este último sob o pseudônimo de Cecília Mariz e editado na França (Maison Sud-América). É sua também a novela *Miserere* (1919).

EVERARDO DIAS (1885-1965) – Natural da Espanha, emigra para o Brasil, onde chega em 1887. Ainda moço, ingressa na maçonaria e se transforma num dos líderes anticlericais de São Paulo, vinculando-se à Associação de Livre Pensamento, à qual chegou pelas mãos de Benjamim Mota e Oreste Ristori. Dirige então a publicação *O Livre Pensador*, ocasião em que intensifica sua participação na imprensa anarquista e no movimento operário, cuja trajetória virá a registrar em seu livro *História das lutas sociais no Brasil* (1962). Perseguido e expulso do país após a greve de 1917, acaba retornando em 1920 para reintegrar-se ao movimento libertário. Escreve ainda as *Memórias de um exilado: episódio de uma deportação* (1920) e *Bastilhas modernas: 1924-1926*, em que narra a deportação de 15 militantes anarquistas, com mais 900 prisioneiros políticos, para Clevelândia (Oiapoque, Amapá), durante o governo Arthur Bernardes.

FÁBIO LUZ (1864-1938) – Médico higienista, escritor e jornalista, revolta-se ainda estudante ao ver o pai registrar, como funcionário do Estado, as vendas de escravos em hasta pública. Convertido ao anarquismo, milita no movimento operário, fazendo palestras aos trabalhadores, ensinando, discursando. Médico, dedica sua vida aos pobres, a quem serve gratuitamente. Colabora na imprensa operária, ao mesmo tempo que se ocupa da literatura de fundo social. Participa no Rio de Janeiro da fundação da Universidade Popular de Ensino Livre, em 1904. Entre seus escritos principais estão as conferências *A luta contra a tuberculose do ponto de vista social* (1913), *A Internacional negra* e *Nós e os outros* (1922); os romances *Ideólogo* (1903) e *Os emancipados* (1906); as novelas *Virgem mãe* (1910), *Elias Barrão, Xica Maria* (1915) e *Nunca!* (1924); os estudos *A paisagem (no conto, na novela e no romance)* (1922), *Ensaios* (1930) e *Dioramas* (1934); e as peças teatrais *Ninete* e *A vovozinha*. Traduziu ainda para o português o texto de *O homem e a terra*, do geógrafo anarquista francês Élisée Reclus.

FELIPE MORALES (1863?-1923?) – Sapateiro espanhol radicado no Brasil, militante do movimento operário de São Paulo. Escreveu a peça teatral *Os conspiradores*, frequentemente encenada nos salões hispano-americanos a partir de 1905 e que, depois de traduzida para o italiano, passou a constar também em festas de predominância italiana. Faleceu na capital paulista, aos 60 anos.

FERDINAND DOMELA NIEUWENHIUS (1846-1919) – Socialista holandês que teve grande importância no avanço do movimento socialista na Holanda, no qual se envolveu depois de abandonar a ocupação de pastor da igreja luterana. Foi o primeiro socialista a ser eleito para o parlamento holandês, do qual saiu em 1891. Estima-se ter sido nessa época que se aproximou do ideário anarquista, tendo escrito diversos textos e livros em sua defesa. Fundou o jornal *De Vrije Socialist* [O Socialista Livre] e escreveu, entre outras obras, *O socialismo em perigo* (1897), que foi prefaciado pelo anarquista Élisée Reclus, e *O militarismo e a atitude dos anarquistas e socialistas revolucionários frente à guerra* (1907).

FLORENTINO DE CARVALHO (1871-1947) – Pseudônimo de Primitivo Raimundo Soares, natural de Oviedo, na Espanha, de onde emigra ainda criança para o Brasil. Aqui, após rápida passagem como soldado, converte-se ao anarquismo, depois de conhecer as ideias expostas por P. Kropotkin em *A conquista do pão*. Libertário militante, é uma das maiores presenças no movimento operário brasileiro, divulgando o ideário e as posições anarquistas através, entre tantos, de jornais como *A Plebe, Voz do Povo* e *A Obra*, que dirigiu em 1920. Além de sua atividade na imprensa operária (editou ainda os jornais *A Rebelião* e *Germinal*), foi grande admirador de Francisco Ferrer y Guardia, o que o levou a organizar uma Escola Moderna em São Paulo, da qual se torna diretor e professor. Preso e perseguido na greve geral de 1917, sofre nas mãos da repressão e decide refugiar-se na Argentina, de onde acaba expulso para reingressar clandestino no país. Entre os seus trabalhos doutrinários, destaca-se *Da escravidão à liberdade: a derrocada burguesa e o advento da igualdade social* (1927).

Francisco Pi y Arsuaga (1886?-1912?) – Conhecido escritor e educador catalão anarquista. Autor de peças moralizantes infanto-juvenis, reunidas na série *El teatro de la infancia*, compostas de um ato, frequentemente em verso, publicadas em Madri em 1876. Escreveu também *Preludios de la lucha: baladas* (Barcelona, 1886), que contém um conjunto notável de contos anarquistas; *Quiere saber? Cuenta un cuento*; e a novela histórica *El Cid Campeador*.

Gigi Damiani (1876-1953) – Jornalista e militante libertário italiano, chega ao Brasil em 1899, aqui permanecendo até 1919, quando é expulso do país, acusado de envolver-se com um movimento insurrecional em São Paulo. Colabora em diversos jornais operários, destacando-se pelas páginas de *A Plebe*, *O Despertar*, *Guerra Sociale* e *La Battaglia*, como um dos principais condutores da causa anarquista. De volta para a Itália, denuncia pelos jornais *Il Libertario* e *Guerra di Classe* a situação da classe operária no Brasil, material que organiza depois no livro *O país para o qual não se deve imigrar: a questão social no Brasil* (1920), dedicado a Nereu Rangel Pestana e Evaristo de Moraes. Ainda na Itália, colabora com Errico Malatesta na publicação do jornal *Umanità Nuova*. Seu temperamento rebelde e inconformista leva-o a conhecer outros exílios: a partir de 1926 perambula ainda em busca da liberdade, sendo visto ao lado dos trabalhadores na França, na Bélgica, na Espanha e na Tunísia.

GUGLIELMO MARROCO (18??-19??) – Sapateiro e militante anarquista italiano, responsável pela publicação do jornal operário *Paupertas*, em Piemonte, na Itália, na década de 1870, radicou-se em Belém do Pará, depois de uma estada no Rio Grande do Sul, Salvador, na Bahia, e também na Argentina. Publicou o número único de *Un Anniversario. Rivendicazione*, em Belém, em julho de 1901, em homenagem a Gaetano Bresci, autor do atentado contra o rei italiano Umberto I. Foi um dos colaboradores do jornal *Germinal*, publicado em São Paulo entre 1901 e 1904.

JOSÉ OITICICA (1882-1957) – Poeta, teatrólogo, jornalista, filólogo, musicista e professor, é autor de uma obra que enfocou praticamente todas as questões importantes do movimento anarquista no Brasil. Conferencista, prega aos trabalhadores e polemiza, em nome dos ideais libertários, com políticos e intelectuais da burguesia. Professor do Colégio Pedro II, no Rio de Janeiro, escreve cursos e trabalhos nas áreas de literatura, linguística, retórica e estilística, vindo a obter por concurso a cadeira de língua e literatura portuguesa da Universidade de Hamburgo em 1929. Interessa-se pelo teatro e ensina prosódia na Escola Municipal de Teatro, no Rio de Janeiro. Lembradas por um ex-aluno célebre, Pedro Nava, ficaram famosas as suas "aulas-comício", nas quais procurava motivar os discípulos a tomarem partido contra a opressão e a desigualdade. Militante ostensivo, é desterrado para Alagoas por ocasião da greve geral revolucionária de 1918 no Rio e, em 1924, segue para o confinamento da ilha Rasa, ocasião em que escreve *A doutrina anarquista ao alcance de todos*. São de sua autoria, entre outros, os livros: *Sonetos* (1ª série, 1905-1911), *Ode ao sol* (1913), *Sonetos* (2ª série, 1919) e *Fonte perene* (1954), em poesia;

Histórias simples (inédito), contos; *Pedra que rola* (1920), *Quem os salva?* (1923) e *Pó de pirlimpimpim* (1936), teatro. Tem participação intensa na imprensa, fundando e dirigindo jornais como *5 de Julho* (clandestino), *Voz do Povo*, *Spartacus* e *Ação Direta*, além da revista *A Vida*.

LUCIANO CAMPAGNOLI (18??-19??) – Imigrante italiano, chegou ao Brasil no final do século XIX, em companhia do irmão Arturo. Ambos tiveram papel pioneiro na fase inicial do movimento anarquista, através do trabalho de propaganda e agitação em bairros operários de São Paulo. Já às vésperas do Primeiro de Maio de 1895, são surpreendidos pela polícia em plena atividade de panfletagem nos subúrbios da Capital, o que lhes custou um processo sumário de expulsão do país, ao lado de vários operários italianos detidos na mesma ocasião. Mediante manifesto publicado nas páginas de *Il Diritto* (RJ), o movimento operário, ainda incipiente na época, protesta contra o caráter clandestino da prisão e do julgamento que levou à sua deportação (a diplomacia italiana não teria sido comunicada do fato pelo governo brasileiro). Após esse episódio, as pistas sobre Luciano desaparecem quase por completo, destacando-se a publicação de seu conto "Os dois burros" em 1908, no jornal *A Luta Proletária* (SP). De Arturo Campagnoli, conta-se que teria fugido a nado, pouco antes de sua deportação de Santos. Posteriormente, estará vinculado à criação de uma comunidade agrícola libertária em Guararema, estado de São Paulo, da qual participam também A. Néblind e Maria Lacerda de Moura. Faleceu em 1944.

MARIA LACERDA DE MOURA (1887-1945) – Professora conferencista, escritora e jornalista, alinha-se no movimento libertário sem prender-se propriamente a um ideário definido: sua meta de livre-pensadora é a liberdade e a reeducação do ser humano a fim de prepará-lo a uma participação sem preconceitos no mundo livre pelo qual lutava. Por volta de 1928, inicia uma experiência de vida comunitária em Guararema, estado de São Paulo. Entre seus livros mais representativos, contam-se *A fraternidade na escola* (1922), *A mulher hodierna e seu papel na sociedade* (1923), *A mulher é uma degenerada?* (1924), *Amai-vos e não vos multipliqueis* (1931) e *Han Ryner e o amor plural* (1933).

MOTA ASSUNÇÃO (1878-1929) – Condutor de bondes e depois operário tipógrafo, ingressa no movimento anarquista no final do século, passando a dirigir os jornais *O Protesto* (1899) e *O Golpe* (1900). Estudioso do pensamento libertário, transforma-se logo num de seus mais vivos expositores no Brasil, condição que o leva a integrar a

Comissão Redatora do Primeiro Congresso Operário Brasileiro (1906), a que comparece representando a liga das Artes Gráficas, ao lado do militante Luigi Magrassi. Interessado pela literatura e pelo teatro, escreve contos e peças, prefácios e críticas em grande número de jornais operários. Em 1904 colabora na revista *Kultur*, em companhia de Elysio de Carvalho e Mas y Pi. Admirador de H. Ibsen, traduz sua peça *Um inimigo do povo*, que dirige e leva à cena. Inspirado nesse autor, escreve a peça *O infanticídio*, drama social em cinco atos que encena com o Grupo Dramático Teatro Social, do Rio de Janeiro, em 1906. Diretor do Grupo e também seu editor, começa a trabalhar em companhia do teatrólogo Mariano Ferrer a partir de 1907. Deixa grande número de artigos e conferências sobre a questão cultural libertária.

NENO VASCO (1878-1920) – Seu verdadeiro nome era Gregório Nazianzeno Moreira de Queirós Vasconcelos. Advogado, jornalista e dramaturgo português, chega ao Brasil em 1901. Aqui participa ativamente da luta social, escrevendo aos trabalhadores e fazendo palestras. Funda os jornais *O Amigo do Povo* e *A Terra Livre* e lança a revista *Aurora*, divulgando em todos eles o ideário anarquista. Regressa em 1911 a Portugal, país em que vem a falecer. Ensaiador, crítico e autor de teatro, contribui decisivamente com a instrução libertária dos trabalhadores. Entre suas peças mais conhecidas estão *O pecado de Simonia* e *Greve de inquilinos*. Como militante e intelectual, reflete sobre as posições do anarquismo em face de seu tempo, das quais trata nos livros *Da porta da Europa: fatos e ideias* (1913) e *A concepção anarquista do sindicalismo* (1920).

PASCUAL GUAGLIANONE (1882-1938) – Intelectual socialista argentino, foi atraído para o anarquismo no final do século XIX pela atuação de Pietro Gori e tornou-se um importante militante e assíduo conferencista do movimento anarquista em Buenos Aires e também em Montevidéu. Colaborou nos jornais argentinos *La Questione Sociale* e *La Protesta Humana*, tendo mais tarde abandonado a militância pela docência universitária.

PAUSÍLIPO DA FONSECA (1879-1934) – Jornalista e escritor, inicia-se como operário gráfico nas oficinas do jornal *O País*, depois de sua expulsão da Escola Militar e de um degredo em Mato Grosso, por suas convicções nacionalistas em defesa do marechal Floriano. Convertido ao anarquismo, faz carreira jornalística, no Rio de Janeiro, fundando e dirigindo os jornais *Novo Rumo* e *A Greve*. Funda em 1904 o Partido Operário Independente e transfere-se depois para o *Correio da Manhã*, onde permaneceria por quase toda a vida. Aí publica em folhetins, de 17 de outubro a 8 de dezembro de 1911, a novela libertária *A vitória da fome*. Autor de *Mártir da fé* (1899), escreve ainda *Festas à infância* (1913). Manteve laços estreitos com Lima Barreto.

Souza Passos (1880-?) – Cronista, contista e teatrólogo, tem grande participação na imprensa anarquista, onde assina com os pseudônimos Gil e Felipe Gil. Sua colaboração esparsa em jornais do Rio de Janeiro, de São Paulo e do Paraná reúne crônicas, resenhas, impressões e contos, em geral extraídos da observação atenta da vida cotidiana. Seus artigos "Educação e ensino" (publicado originalmente na *Revista Liberal*, em colaboração com João Penteado e Solidad Gustavo) e "Anarquismo e igualdade" estão transcritos por Edgard Leuenroth em sua antologia doutrinária *Anarquismo: roteiro de libertação social* (1963). É de sua autoria a peça teatral *Último quadro*, encenada em São Paulo.

Vicente Carreras (18??-19??) – Militante do anarquismo espanhol nas primeiras décadas do século XX, há registro de participações suas na imprensa operária, em debates internacionais sobre a educação libertária e na cena do teatro anarquista. Seu conto "Acraciápolis" foi publicado originalmente na *Revista Blanca*, em 1902, mesmo ano, portanto, em que sairia aqui no Brasil nas páginas de *O Amigo do Povo*. Esse texto torna-se pioneiro e emblemático das utopias libertárias espanholas. Com sua projeção imaginária sobre o território brasileiro, seu interesse histórico-geográfico e literário é inegável.

ANEXOS

EL PRIMER PASO

Anônimo

Era la noche del 31 de diciembre una noche sublime, en que la luna airada iluminaba con su blanquecina luz el espacio.

Aurelio, después de haber cobrado su quincena de ocho pesos – ocho dias de trabajo entre avergonzada é iracundo, por considerarse una máquina de tan poco precio, dirigióse á su casa, si tal podia llamarse aquel tugurio estrecho, desmantellado, donde yacían, más bien que habitaban sus pobres padres, viejos, septuagenaros, que á esa edad cansados de sufrir y fatigados por más de cincuenta años de rudo trabajo, coronaba una aureola de miseria.

Llegó Aurelio, cansado – más por la explotación de que era victima que por el trabajo embrutecedor – palido de rabia, y saludando apenas, sentóse, ó mejor dejóse caer en un baul, que en un rincón del cuarto hacia las veces de guadarropía y asiento, y dióse á meditar acerca de su perra vida y la de aquellos dos seres que le rodeaban que, después de haber producido tanto, nada poseían.

Tras un período de abatimiento despertose su inteligencia, y á quel cerebro que habia permanecido muchos años cerrado á toda idea que no representara la supersticion y la rutina invadían en tropel ideas nuevas, revolucionarias.

Él que jamás habia asistido á ningún circulo que no fuera ordenado por el párroco; él que siempre se había recusado concurrir á las conferencias á que sus amigos le invitaban, sentía aquella noche un deseo irresistible que le torturaba de ir á una de esas reuniones que tantas veces había depreciado. Acordóse, entretanto, que Mario, un amigo de la infancia le había invitado a asistir á una conferencia que los libertarios celebraran en uno de sus circulos, y tomando una subita resolución púsose de pie, encasquetándose su descolorido chambergo, disponíase a salir de la habitación, cuando su madre que desde hacía rato le obserbaba le interpeló, con voz apenas inteligible: "Aurelio; ¿qué te pasa?... ¿por qué no comes?..." "¿No, mamá. Déjeme. Estoy hastiado de esa vida. Deje, hoy que por mi mente cruzó un rayo de luz; hoy, que por la primera vez en mi vida he comprendido que no es solamente el estómago que hay que alimentar sino también el cerebro, ayune aquél para alimentar éste."

Y, rapido como el pensamiento, salio de aquel tugurio, dejando á los viejos sorprendidos, sin comprender palabra de lo qua habían oído. Con paso ligero dirigiose á casa de su amigo de infancia…

* * *

"Sí: una sociedad donde no haya explotados y explotadores; donde no haya hartos y hambrentos; donde para todos sea el pan, la luz, la ciencia; donde para todos sea el campo y la cosecha; la mujer digna companera del hombre; voluntaria la obra; asegurada la recompensa: es á lo que aspiramos los anarquistas, era lo que se repetía interiormente Aurelio mientras regresaba a su casa, lo que había oído á un conferenciante en aquella tribuna popular donde fraternizaban el anciano con el nino, el hombre con la mujer.

A medida que avanzaba sentíase más fuerte, y el cansacio de que antes estaba poseído había desaparecido. Una brisa fría cual el filo de una hoja acerada azotábale el rostro. Apresurando cada vez más el paso llegó á aquel tugurio donde le esperaban aquellos pobres viejos, ansiosos, temerosos, no comprendiendo aún el por qué de aquella brusca salida. Recibieronle con una lluvia de interpelaciones, á las que Aurelio contestaba complacido.

Después de un rato de expansion íntima, rendidos por el sueno, acostáronse los pobres viejos, e encomendando en una oración su alma á dios, quedaronse dormidos.

Aurelio las miró acostarse, y no pudo reprimir una risa burlona que jugueteaba en sus labios, risa de duda, al ver el fervor con que aquellos pobres viejos enviaban una plegaria a dios, por la salvación de su alma.

Después de enterarse que todo estaba en orden, acostóse y por primeira vez en su vida, sus labios no se deplegaron para recitar una prez.

Vago y misterioso un ideal de amor se habia posesionado de su cerebro.

(Dall'Aurora de Montevideo)"

Palestra Social, SP, ano II, n° 5, 2 fev. 1901.

L'ANARCHIA PROPAGATA E DISCUSSA TRA OPERAI

J. Lleros

I

Nell'officina si lavorava già da 3 ore. Fra il rumore assordante delle piallatrici a macchina e lo stridere acuto delle seghe circolari, i 30 ebanisti curvi come sempre sul banco di lavoro attendevano, non senza ansietà, che il fischio della macchina desse il segnale di riposo. Quell'ansietà, maggiore del consueto, era del resto giustificata dal fatto che un nuovo lavorante era entrato quel giorno a lavorare per la prima volta nell'officina.

È uso tradizionale fra gli operai di qualunque categoria di festeggiare nell'ora della colazione l'arrivo di un nuovo camerata con una bottiglia di liquori che il nuovo venuto è, diciamo così, obbligato ad offrire ai colleghi, ed ecco perchè quel giorno gli occhi dei 30 lavoranti passavano, più spesso del consueto, dal banco di lavoro all'orologio a pendolo attaccato in fondo al baraccone.

Finalmente suonarono le dieci e, prima ancora cha la macchina avesse terminato il suo fischio acuto e prolungato, i lavoranti avevano già lasciato i diversi ferri del mestiere e, dopo esservi levata con una scossa di mano la polvere di legno che si era depositata sulle braccia, sulle spalle, dappertutto insomma, si accingevano a far merenda.

Fin da principio, naturalmente, si cominciò a parlare del nuovo tornitore il quale, quasi non si curasse d'essere l'oggetto principale della discussione, si era seduto sopra una fila di tavole nel fondo dell'officina leggendo un giornale nel mentre mangiava. In meno di mezz'ora i lavoranti avevano terminato di mangiare e si erano radunati, come il solito, attorno al banco di Giuseppe, l'operaio più vecchio dell'officina, e, poichè il nuovo venuto si ostinava a voler rimanere laggiù nel fondo; fu stabilito che Giuseppe stesso sarebbe andato da lui e gli avrebbe ricordato il dovere di nuovo camerata.

Infatti Giuseppe si era avvicinato al tornitore e mettendogli confidenzialmente la mano sulla spalla:

– Come ti chiama, camerata?

– Mi chiamo Arturo rispose l'interpellato lasciando cadere sulle ginocchia il giornale.

Giuseppe sarebbe di certo entrato subito in argomento se i suoi occhi non si fossero fermati sul giornale che era rimasto aperto e sulla cui testata aveva letto: *L'Agitazione – giornale Socialista-Anarchico*. Ciò dovette naturalmente fargli cambiare il corso delle idee poichè guardando il tornitore in faccia gli domandò: – Cosa leggi su quel giornale?

– Un articolo di Malatesta sulle organizzazioni operaie.

– E non potresti spendere meglio il tuo tempo?

– Non credo vi sia un mezzo migliore per noi di quello di spendere quel po di tempo che ci rimane leggendo ed istruendoci.

– D'accordo! Ma tu non sai che il giornale è codesto?

– Oh bella! Devo saperlo benissimo giacchè rispecchia le mie idee.

– Dunque tu sei...

– Anarchico... precisamente...

Quella dichiarazione sconcertò alquanto Giuseppe che, voltatosi agli altri operai, che a poco apoco avevano finito coll'avvicinarsi, fece colla bocca una smorfia di disgusto.

– Mi rincresce diverlo, riprese poi guardando serio Arturo, ma cotesta qualità non vi far certo onore fra noi.

– E perchè se è lecito?

– Perchè noi non vogliamo aver nulla a vedere cogli assassini.

– E chi vi ha detto che gli anarchici siano tali?

– Non è vero forse?

– Non può esservi calunnia maggiore di questa; e se tu avessi letto qualcosa rispetto alle nostre idee ti saresti accorto che, non solo non siamo degli assassini, ma bensì siamo i più acerrimi nemici dell'assassinio, sotto qualunque forma, e da chiunque venga commesso e di ciò ve ne convincerete tutti voi altri quando avrò avuto tempo di spiegarvi quanto di grande e di bello sta rinchiuso nella parola *Anarchia*.

Questa volta chi replicò fu Antonio il lustratore, il quale volendo mettere in mostra tutta la sua scienza politica e, sicuro di confondere Arturo, gli domandò: – Di un poco non erano forse anarchici Bresci, Caserio e Angiolillo?

– Lo erano, ebbene?

– Dunque dal momento che tu dici che loro erano anarchici, ciò significa che quello che hanno fatto rispondeva esattamente ai vostri principi e quindi...

– Sentite mi rincresce che questa osservazione mi sia fatta per l'appunto ora, giacchè se io avessi avuto il tempo di farvi comprendere quali siano presso a poco i nostri fini, forse avrei potuto con più facilità spiegarvi la questione.

Se essi abbiano agito in conformità coi nostri principi è cosa che vi dimostrerò più tardi, quando cioè vi sarete formati di noi un concetto più chiaro e definito; quello però che voglio farvi capire adesso è che essi non furono, ne possono considerarsi come assassini.

– E come puoi fare a sosternerlo? – risposero in coro due o tre fra gli ascoltanti.

– In una maniera semplicissima. Qualcuno di voi avrà assistito Domenica scorsa alla commemorazione che fu tenuta al Teatro Massimo...

– Ci sono stato anch'io, rispose il lustratore.

– E sai chi veniva commemorato?

– Non mi ricordo bene; un certo... ber... Ober...

– Oberdank, non è vero?

– Precisamente.

– E sai tu chi era Oberdank?

Ecco veramente chi fosse non lo so, ma certo doveva essere un grande uomo a tener conto di quanta gente assisteva alla commemorazione e di quello che dissero 3 o 4 signori in cilindro che fecero i discorsi. Anzi ci fu uno che disse proprio così: Oggi commemoriano un eroe!

– Benissimo! Ma non sai tu perchè Oberdank fu un eroe?

– Questo poi non lo so davvero.

– Ebbene ve lo dico io... Oberdank fu un eroe perchè tentò difare nè più, nè meno di quello che hanno fatto Caserio, Angiolollo e Bresci.

– Ma tu scherzi!

– Non scherzo no; parlo sul serio. E se tu avessi letto qualcosa riguardo alla storia non ti meraviglieresti tanto. Come Bresci e gli altri, anche Oberdank aveva una fede e come loro egli sepe affezionarsi tanto al proprio Ideale da nutrire un odio profondo contro colui o coloro che di quell'Ideale nemici acerrimi – come loro Oberdank alzò la mano vendicatrice verso un nemico della sua fede e come loro fu martirizzato ed ucciso. Or dunque vedi che se a Oberdank si tributano oggi oneranze e commemorazioni, non è giusto che siano infamati altri uomini che hanno fatto nè più, nè meno, che quello che ha fatto lui.

– Ma allora perchè anche il farmacista dirimpetto che è un uomo istruito applaudiva a quelli che commemoravano Oberdank ed e tanto contrario a Bresci che egli chiama assassino?

– Per una ragiona molta logica. La fede che armò il braccio di Oberdank non era la stessa che armò quello di Bresci; anzi le due idee sono assolutamente contrarie una all'altra. Oggi il partito per quale Oberdank lottò e cadde tributa a lui delle onoranze come è logico che, quando domanti l'Ideale nostro pel quale lottarono Bresci, Caserio e Angiolillo e tanti altri avrà conquistato il primo posto fra gli uomini, essi dovranno avere naturalmente pei nostri martiri, stima ed ammirazione.

Giuseppe, che era rimasto muto fino allora prese di nuovo lo parola.

– Davvero che tu non hai torto ed ora sono il primo io a convenire di aver fatto male a parlarti in quel modo senza prima conoscere quello che tu hai detto adesso, però devi convenire che noi operai non ci dovremo immischiare in questi partiti politici dove non c'è proprio nulla da guadagnare.

– Al contrario anzi, gli operai guadagneranno moltissimo ad essere anarchici... Ma ora è tardi... Comincerò dimani a parlarvi di questo argomento.

La macchina fede udire un'altra volta il suo sibilo acuto e prolungato. Le piallatrici ricominciarono a stridere, le seghe ripresero il loro giro vertiginoso e cinque minuti dopo i 30 operai erano nuovamente curvi sul banco del lavoro.

II

Il giorno dopo Arturo aveva già stretto amicizia coi nuovi compagni di lavoro, i quali, dopo la discussione del giorno prima, avevano verso di lui quella stima, diciamo cosi, che l'operaio mediocremente istruito riesce subito a conquistarsi fra i colleghi di officina. Questa volta fu lui che, non appena la macchina fece udire il fischio che era il segnale dell'ora di colazione, andò sedersi in mezzo alla comitiva desideroso si riprendere la discussione al punto dove l'aveva lasciata.

Il lustratore che malgrado il diffeto di volerne sapere più degli altri e la smania di essere al corrente di fatti che in fondo non conosceva neppure, era però un bravo giovane ed anche un tantino volenteroso d'imparare qualcosa, attacò subito discorso.

– Dicevi duque che noi operai avremmo guadagnato molto coll'interessarsi e seguire le vostre teorie e ci promettesti di facerlo comprendere oggi. Sentiamo um poco.

– Disse ieri che gli operai guadagnerebbero non poco ad attendere alle nostre discussioni ed aggiungo oggi che il loro interessamento verso di noi è un po' anche doveroso.

– Oh, questo poi!

– Per l'appunto!... È un dovere per gli operai lo interessarsi alla nostra propaganda e spero di convencervi com un esempio. Ammettiamo che tu, Giuseppe, abitassi in una casa in campagna e che tu non avessi nemmeno un banchino per sederti. Tornando a casa una sera trovi pel cammino un albero che la tempesta di giorno avanti ha divelto dalla foresta vicina. Quell'albero servirebbe a proposito per farti un banchino e tu lo prendi; sudi più non posso per portalo fino a casa e arrivato là lo seghi, lo pialli, insomma ti costruisci la comodità che ti è necessaria per sederti. Fin qui niente di straordinario, però un bel giorno, mentre stai seduto tranquillamente sul *tuo* banco entra in casa in individuo che tu non conosci. Quell'uomo è un vagabondo, non ha mai lavorato e non sarebbe capace di piantare un chiodo, pure, con una sfacciataggine senza pari, ti dice: 'dammi quel banco perchè è *mio*!' Tu rimani di stucco, apri al bocca per parlare, ma prima ancora che tu abbi detto mezza parola colui tira fuori dalla tasca del sobrabito uno scartafaccio dove egli stesso vi ha scritto sopra quello che ha creduto bastante per poterti rubare il banco e che non è altro se non un cumulo di bugie. Tu non sei istruito, non capisci che quello scritto è stato fatto apposta per danno tuo e lui ne approfitta per raccontarti un monte di storie, diritto, proprietà, eredità, legge, tutte cose che tu non comprendi e che al tuo cervello fanno parer giuste le sue pretensioni sul tuo banco.

– Però bisogna vedere se io sarei tanto stupido da farmi infinocchiare dalle chiachiere e dallo scartafaccio.

– Egli ha previsto anche questo, egli sa bene che se tu volessi non riuscirebbe mai a portati via il *tuo* banco; egli capisce che se tu fossi ostinato a ritenere ingiuste le sue pretese e che, in ultima ipotesi, ti decidessi a mandarlo via con un formidable calcio nel sedere non potrebbe reagire perchè è debole e non ha se non una part cella della tua forza. Esso sabene tutto questo e, per essere più sicuro, ha portato dietro di sè due suoi servitori che entrano in campo al momento opportuno. Uno di loro ti punta una pistola alla faccia e ti dice 'Consegna subito il banco al mio padrone o altrimenti ti uccido', l'altro ti fa la parte di amico, ti empie la testa con delle storie di ricompense future, di sottomissioni, di volere divino, per convincerti, colle buone, a lasciarti rubare.

– Ma in questo caso sarebbe una grassazione.

– Proprio così, Giuseppe, una grassazione nel vero termine della parola e quando al posto dei personaggi simbolici dell'esempio noi avremo messo i veri personaggi, ti accorgerai come essa si ripeta tutti i giorni senza che a noi ci sembri; ma torniamo all'esempio: Dunque queste tre persone riunite agiscono talmente sul tuo cervello da toglierti quel po' di luce che potesse esserci, tanto che se tu, senza pensare più a discutere le loro pretese ti lasci *convincere* che il banco non è tuo e finisce col maledire la sorte che ti ha obbligato a sedere per terra, mentre quel vagabondo si prende tranquillamente il *tuo* banchino ridendo della tua dabbenaggine.

– Ma io vorrei sapere cosa c'entra tutto questo coll'anarchia e cogli anarchici!

– Un po' di pazienza e poi spiegheremo meglio. Ora succede che mentre i tre complici si portano via il tuo lavoro, passa davanti alla tua casa un'altro individuo. Costui non ti conosce e potrebbe continuare pei fatti suoi senza curarsi di te, ma nossignori. Quell'uomo ha cuore, sente compassione di te, capisce che si sta commettendo un furto in tuo danno e vuole aiutarti; entra in casa senza curarsi punto della pistola che il solito servo tiene ancora minacciosamente fra le mani, s'accorge che i tre briganti hanno finito col *narcotizzarti* per farti dormire e poterti liberamente derubare, ti chiama, ti scuote e ti grida allo orecchio: Svegliati stupido! Non vedi che tu rubano? Naturalmente i tre predoni rivolgono le loro ire contro il nuovo venuto che viene, per cosí dire, a guastarli le uova nel paniere. Si fanno addosso a quell'uomo per impedire che le sue grida ti sveglino cercano d'imbavagliarlo per farlo star zitto, ma lui si dibatte, non cede e grida sempre a tutta gola: Svegliati! Non vedi che tu rubano?... Ora, dimmi un poco, quale sarebbe il tuo dovere in questo caso?

– Che domanda?... Naturalmente cercherei di soccorrere colui che si è esposto a un pericolo pel bene mio.

– E se tu invece ti unissi ai tre ladroni per soffocare quell'uomo che è entrato appunto in tua difesa, come dovrebbe chiamarsi la tua azione?

– Una azione infame, come io sarei infame se la commettessi... Ma infine dei conti a me sembra che tutto ciò che tu racconti ci entri tanto coll'Anarchia come il cavolo a merenda.

– E se io ti dicessi invece che il quarto individu, l'uomo che era venuto a svegliarti e che aveva diritto alla tua riconoscenza è precisamente un'anarchico?

– Eh via!... son balle!

– Son verità sacrosante, caro Giuseppe. Ma procediamo con ordine. Dunque; l'uomo dell'esempio che si era fabbicata a forza di sudore una comodità per la famiglia sei tu, e come te tutti quelli che lavorano e producono, il ladro che viene a rubarla è il padrone dell'officina, e come lui tutti i proprietari che non lavorano e non producono; i suoi complici o, per meglio dire, i suoi servitore sono il soldato ed il prete che rappresentano a loro volta l'esercito e il clericalismo.

Eh, eh! Non corriamo tanto, caro mio, mi pare che tu t'inganni all'ingrosso. In primo luogo il padrone dell'officina non ruba nulla a nessuno,

– Tu lo credi?... E dimmi un po' dove hai messo l'armadio che hai terminato ieri?

– L'ho consegnato al padrone, ma quello non era mio.

– Dunque non lo hai fatto tu?

– Certo che l'ho fatto io ma per farlo ho adoperato il legno del padrone, le macchine del padrone ed è giusto che egli esiga il frutto del suo capitale.

– E chi ti dice che il legno e le macchine siano ruba sua? Ritorniamo all'esempio. Ammettiamo che il ladro della favola doppo averti rubato il *tuo* banchino avesse cambiato, mettiamo il caso, con un paio di scarpe, credi tu che quelle scarpe siano proprio *sue?*

– No certo perchè le ha avute in cambio del *mio* banco, dunque dovrebbero esser *mie.*

– D'accordo! Lo stesso succede col padrone. Le macchine, il legno tutto quanto tu vedi, non appartengono al padrone, perchè lui non ha mai lavorato e le ha comperate col denaro ricavato dalla vendita dei mobili che non erano *suoi*, ma bensì degli operai che li avevano fabbricati ed egli se ne è appropriato mettendo in campo la legge che non è poi altro che lo scartafaccio del quale si è valso il ladro della favola per far valere davanti a te le sue pretensioni.

Si, cari amici, ciò che a voialtri sembra la cosa più naturale di questo mondo non è invece che una serie di ladronerie sfacciatamente commesse a nostro danno.

Il padrone ci *ruba* tutti i giorni il nostro sudore e quando calcuno dei nostri alza la voce per chiedere una piccola parte di ciò che ci è dovuto, manda contro di loro un battaglione di soldati coll'ordine di farli stare zitti con una fucilata nello stomaco. Inquanto al prete poi, l'altro alleato e complice del padrone, avrò tempo in seguito per spiegarvi come le sue dottrine non siano se non che un cumulo di menzogne abilmente inventate per atrofizzare il cervello dei nostri figli onde togliere a loro l'idea di pensare ai casi propri.

Però a mettere un ostacolo non insignificante a quest'ordine di cose sono venuti gli Anarchici; noialtri che ci siamo sbarazzato il cervello de tanti pregiudizi e dopo avere anatomizzata, studiata punto per punto la società d'oggi, ci siamo dovuti convincere che essa è un ente immorale e nocivo con tutte le sue istituzione, pregiudizi e privilegi.

Animati dal desiderio di rigenerarci comumente, abbiamo dichiarato guerra ao potenti, poichè non vogliamo più subire incoscentemente questo stato di cose e abbiamo incominciata una propaganda attiva ed in incessante allo scopo di svegliare l'operaio fiaccato dal servilismo e dal pregiudizio, per fargli conoscere tutto intero il diritto proprio e insegnarli la strada per conquistarlo.

È naturale che la nostra azione non può andare a genio ai proprietari e ai signori, perciò essi hanno rivolta contro di noi tutta la loro rabbia, ed ecco spiegato il motivo delle persecuzioni che noi soffriamo continuamente, ma che non ci faranno mai tornare indietro nè cambiare strada.

– Tutto ciò che tu dici è bello, non c'è dubbio, ma le chiacchiere, caro mio, no fan farina. Intanto io sono convinto che se non ci fossero i padroni che fanno lavorare, noi si morrebbe di fame.

– Al contrario invece, caro Giuseppe! Senza padroni noi si vivrebbe molto meglio d'oggi e di ciò vi convincerò dimani, giacchè oggi non mi resterebbe tempo per farlo.

– Va bene! A domani dunque!

La Nuova Gente, SP, ano I, n.os 1 e 2,
1º e 15 nov. 1903.

GERMINAL!

G. D. [Gigi Damiani]

Nuovi Cristi pel calvario della vita, su, su, verso la vetta, da una mistica speranza conquisi, ai rovi che inceppano l'aspro camino lasciando brandelli di carne, muoiono sotto il peso della croce.

Ma le pietose vergini di Gerosolima per questi pionieri della giustizia come per rabi di Galilea, non corrone a versare lagrime; mas quando esausti, piegano sotto la croce, nessun Cirineo si dà la pena d'aiutarli.

Il popolo li guarda silenziosi, istupidito dalla secolare schiavitù, non arrivando a capirli. La gente colta li chiama maniaci, il volgo dei prezzolati li accusa malfattori. Ed essi sorridono ai carnefici ed alla tortura, ai calunniatori ed all'accusa; sorridono e vanno e vanno...

"Verso il nulla!", gridano il nuovi dotti di Salamanca.

"Verso l'avvenire", rispondono i martiri della libertà.

E vanno...

Eccoli giunti alla vetta.

Speravano veder sorgere il sole dei tempi nuovi; vana speranza...

Sul cielo plumbeo si adensa la tempesta, l'orizzonte é buio...

Si guardano intorno... cercando...

Ma i pochi, che di loro si dissero compagni, che nella lotta giurarono seguirli, sono giá lungi, vinti dalle torture, uccisi dal dolore, spersi dalla bufera... allora?!

Il carnefice però é vicino: i farisei gongolanti di gioia son lá presso... allora?!

Allora il martire si muta in ribelle, getta la croce, alza la fronte e fisa fiero i carnefici... e...

E sorge solo contro tutti.

* * *

Per le onde sonore del vento vonno echi trivendi di tuono.

Che mai accade?! – Chi sá!...

Ma le orecchie chinse alla voce della Ragionne udirono... percepirono... compresero

... Voci isolate, tra la folla anonima, raccontano che un'atto d'umana giustizia é stato compiuto.

* * *

Là, dove sperarono trovare conforto, riposo, fu innalzato il patibolo.

Sgomentati, i carnefici, temerono un'istante che la massa si schierasse per questi audaci ribelli, mas la massa non dette vita di sé, abbrutita dalla abitudini del servaggio. Eppoi Giuda era sceso tra la folla, e da sotto le colonne del Pretorio aveva gridato: Calma, calma, non vi lasciate entusiasmare dall'atto di questi romantici...

Ma i romantici sorrisero, nell'intuizione dei tempi novelli, e quando la diana squilló, nunzia dell'alba, sorridendo, offrirono la testa al boia.

* * *

GERMINAL!

Chi ha lanciato questo fatidico grido alla folla, chi gli dette tanta sonora potenza da farlo udire pel mondo tutto?

Fu concepito da un uomo, ispirato da un partito? – No!

Desso é la formula dell'ora di sangue incombente; è la parola che chiude tutto il concetto della filosofia innovatrice; è il grido della speranza, il peana della libertà, l'urlo della pugna.

Germinal!

Perchè i tiranni illividiscono, perchè le plebi levano la fronte?.. Eppure non è che un grido!

Ma nell'aria, nelle cose, nel tutto pasa il fremito delle ore che incalzano, ed inaffiato dal sangue ribelle el fiore della giustizia già va germogliando.

* * *

Grida pure a tuo agio, o Iscariota:
"Calma, calma: non date ascolto ai romantici..."
La folla più non t'ode, si leva e sta, tese le orecchie all'esclamazione suprema dell'uomo che muore per l'Idea:
GERMINAL!

Il Risveglio, SP, ano I, n°. 3, 23 jan. 1898.

IL CULTO DELLA PATRIA
(DIALOGO FRA UN TENENTE E UNA RECLUTA)

Il Disertore

TENENTE – Dunque, voi, per tre anni servirete la patria. Ieri, con tutto il reggimento, solennemente dinanzi al colonnello, avete giurato di obbedire ai vostri superiori, senza discutere i loro ordini, di marciare serenamente contro ai nemici di fuori e contro a quelli di dentro, di esser, in una parola, pronto a tutte le ore a morir per la patria, per l'ordine e per difendere la proprietà.

RECLUTA – Signor tenente, io sono un lavoratore, non possiedo, nella nostra grande patria, che la mia carcassa e quegli stracci che ancora ieri mi ricoprivano, e che mi hanno fatto buttar via per indossare questa onorata divisa; ma perchè i miei compatrioti ricchi possano godersi nell'ozio e nella pace le loro ricchezze, e quelli poveri sappiano rassegnatamente soffrire la loro miseria e lavorare nella calma feconda, son pronto, come me impone la disciplina a compiere gli ordini dei miei superiori.

– Animale!... Mi accorgo che avete compreso e sarete un buon soldato. Qui tutti noi ufficiali siamo AVVERSARI DEGLI ANTIMILITARISTI AL PUNTO DI RITENERE PRIMO, ASSOLUTO E IMPRESCINDIBILE DOVERE D'OGNI CITTADINO IL SODDISFARE AI SUOI OBBLIGHI MILITARI E GIUDICHIAMO DETESTABILI, E INDEGNI DI PARLAR DI PATRIA I DISERTORI E I RENITENTI DI LEVA.

– Si signor tenente...

– Bene, DUNQUE, oggi alle due mi porterete questa letterina, all'indirizzo della soprascritta, ma state bene attento. Prima aspetterete che esca un signore ben vestito, in cilindro, quando egli sarà uscito salirete la prima scala e suonerete il campanello. Ad aprire verrà una ragazza bionda, a lei consegnerete il biglietto e ritornerete in caserma.

– Ma... ma, signor tenente, per servire la patria bisogna fare anche il ruffiano?...

– Bestione, idiota, bandito! Avete capito? E mettetevi sull'attenti. Voi con codeste teorie finirete alla reclusione, o fucilato. Non vi ho avvertito che gli ordini dei vostri superiori sono sacrosanti, anch'è dellito volerli discutere e comprendere? Eh, pezzo d'asino?!

– Ma signor tenente, la patria si difende col fucile e non colle lettere amorose...

– Sargente, fate passare questo bestione alla prigione, egli ha rifutato di far la CORVÉE che gli avevo ordinata. Non è vero, avete visto anche voi?...

SARGENTE – Si, signor tenente, ho veduto e sentito tutto, egli si è ribellato ai suoi ordini, e le ha rivolto delle offese.

TENENTE – Va bene, siamo intesi, preparate quel bestione per il consiglio di guerra. Con qualche anno in galera imparerà a servire la patria.

(IL SOLDATO IN PRIGIONE)

– Nella mia gran patria non possiedo nulla, eppure fin'ora ho sempre lavorato... e che lavoro era il mio! Entrava alle sei la mattina nella fabbrica e uscivo la sera alle 8 ore per guadagnare due lire. L'altr'anno coi miei compagni stanchi di una vita di fatiche necidiali e di miserie inaudite, dichiaremmo lo sciopero per tentar di migliorare le nostre condizioni, ma vennero i soldati, ci fecero fuoco addosso; sei dei miei compagni furono uccisi, una ventina feriti, e io e tanti altri fummo condannati a parecchi mesi di reclusione.

Ora sono soldato, ho giurato di accoppare i miei compagni di miseria che si metessero in sciopero e disturbassero le baldorie dei ricchi, e di difendere la patria dallo straniero quantunque sia un senza casa, un senza tutto... E i miei superiori non sono ancora contenti. Se obbedisco semplicemente sono una bestia, se rifiuto di fare il ruffiano, vado in galera...

Sono proprio ben conciato davvero, ma se esco di qui, perdio, voglio proprio lasciare l'incarico, a coloro che la patria possiedono, di difenderla e di fare il ruffiano ai suoi difensori stupendiati.

La Battaglia, SP, ano III, n°. 125, 9 jun. 1907.

LO QUE DICEN LAS MÁQUINAS

F. Pi y Arsuaga

Cruje hecho ascuas el carbón en el horno; hierve bulliciosa el agua en la caldera; oprime el vapor el èmbolo; el èmbolo empuja la biela; la biela mueve el eje hace girar el poderoso volante, y mientras ruje la máquina como fatigado monstruo, la correa sin fin pone en movimiento otros ejes y otras ruedas, otras correas y otras máquinas. La industria marcha, la producción aumenta, el obrero labora.

¡Que hermoso poder el de la humana inteligencia! A su conjuro se multiplica el movimiento y surgen el calor la luz.

Pero, ¡ay! aún puede la máquina decir al obrero:

– No te enorgullezcas. En nada te diferencias de mi. Instrumento de trabajo como yo, tu estómago, como mi horno el carbón indispensable, no recibe sino el alimento estrictamente suficiente para que sigas desempeñando su función mecánica. Soy un instrumento más apreciado que tú, porque tú abundas más y cuestas menos. Cuando me gasto, me tiran; cuando te gastas, te abandonan. Es lo mismo; no lo mismo, peor; porque tu única ventaja, tu inteligencia, se convierte entonces en daño tuyo; la conciencia de tu pasado valer será tu tormento. Tú, como yo, produces, produces, como yo, para los otros, non para ti. Labramos juntos junto fortunas que te pertenecem y que jamás disfrutas. Obrero: apodérate de mí; arráncame de los brazos del viejo capital; tu desponsorio conmigo es tu salvación única. Deja de ser instrumento para que el instrumento te pertenezca. Te quiero amo, no compañero. El capital que me explota, sólo tu me fecundas. Solo a ti quiero pertenecer.

O Chapeleiro, SP, ano I, n°. 4, 1°. maio 1904.

UNA FAVOLA

Domela Nieuwenhius

In una certa strada di una certa città, si trovava una casa, essa era caduca. Ad ogni momento essa minacciava di crolare, e se ciò fosse arrivato molto famiglie sarebbero state sepolte sotto le sue rovine.

Il proprietario era avaro moltissimo. Lo stato della sua casa non lo inquietava per nulla, mai si chiedeva se ci fosse qualche pericolo per gli abitanti, ma per contro, era severo ad esigere la puntualità nel pagamento degli affitti.

La maggior parte dei locatari erano delle persone semplici, buoni, troppo ingenui.

Allorchè sentivano i muri scricchiolare o vedevano qualche pietra cadere – segno precursore di una prossima rovina – si dicevano che questa non significava gran cosa e che tutto resterebbe lungo tempo nel medesimo stato; che, d'altronde, il proprietario raccontava che era sempre stato così.

Pertanto, il pericolo minacciava sempre più; si scoperse che l'avarizia sola del proprietario era la causa del cattivo stato nel qual restava la casa. Alcuni inquilini che mormorarono, furono scaccati per via di giustizia.

Non passava giorno, si potrebbe dire ora, senza che qualche accidente arrivasse, sovente anche serio assai.

Il numero dei mormoranti aumentava, ma il proprietario era un uomo furbo. Con dei propositi malevoli seminò la diffidenza e la divisione fra i suoi inquilini; le dispute, le querele divennero in breve l'essenziale, e la causa principale fu dimenticata: la caducità della casa.

Il proprietario rideva della stupidità de suoi inquilini.

La casa diventava di più in più vecchia e tarlata. Qualcuno ebbe il coraggio di esigere delle riparazioni.

Il proprietario ebbe paura. I locatari pagavano gli affitti come prima, ma non erano più sottomessi. Cercò ancora una volta il mezzo di calmarli. Promise loro tutto ciò che vollero e non fece nulla.

Infine uno degli inquilini riunì gli altri e tenne loro questo discorso: "La casa che noi abitiamo è una casa disgraziata. Ogni giorno siamo vittime di dolorosi accidenti. Qualcuno dei nostri ha già portato, il padre, la madre, il fratello, la sorella, il figlio, l'amico al cimitero. E l'uomo, causa di tutti questi accidenti è il proprietario, il quale pensa agli affitti senza pensare troppo agli affituari. Deve questo durare ancora per lungo tempo? Resteremo noi sempre tanto ingenui da sopportare tutto questo? Continueremo noi ad arrichire questo avaro rischiando ogni istante la nostra vita?" Molti risposero con voce forte: "No, no, basta!" – "Ebbene, continuò l'organizzatore della riunione, ascoltatemi..." Ed espose che si doveva esigere dal proprietario la demolizione della casa e la fondazione di una nuova su basi più moderne rispondente meglio ai principi della igiene, perchè oramai era inutile ogni riparazione alla vecchia carcassa.

Molti giurarono di non prendere tregua avanti che la casa fosse demolita. E fecero un'attiva propaganda per questa idea. Disgraziatamente mancava loro il talento della parola e dello scritto.

Dei vicini offrirono i loro servigi, perchè essi conoscevano l'arte della parola e dello scrivere.

Alcuni furono felici per questa offerta. Quelli erano gli ingenui che dimenticano presto e facilmente. Altri, al contrario, dissero che bisognava ricordarsi che già in altri casi alcune persone avevano offerto i loro servizi, ma che niente avevano fatto: "Siete prudenti, dicevano ai loro inquilini, come volete che un uomo abitante in una casa solida e bene arredata, che non conosce i pericoli e la condizione di una casa caduta, possa rappresentare i nostri interessi?"

Niente vollero intendere di questo discorso. I signori che dimoravano in buone e solido case furono i rappresentanti degli abitanti la vecchia casa. Fecero visita al proprietario; malgrado il loro talento oratorio, non ottenero algun risultato. Ingaggiarono allora i loro mandati ad inviare, dal proprietario, un numero maggiore di rappresentanti.

Il proprietario era ricco e molti furono quelli che brigarono l'onore di essere nominati rappresentanti per andare a fargli visita: "Vedete, sembrava dicessero, alla città; questi ambizioni soddisfatti che andavano a visitare il loro proprietario, vedete, noi siamo in relazione con questo grande ricco."

Da allora, la questione fu bem raramente questa: "Quali sono i miglioramenti dei qualli hanno bisogno?" – e molto spesso questa: "Quali persone rappresenteranno gli interessi dei locatari?"

La disputa dura sempre. I locatari abitano sempre l'antica casa, di più in più cadente, pericolosa, ed il proprietario se la ride gaiamente della ingenuità di costoro che continuano a pagarli l'affitto ed arrichirlo.

* * *

La casa caduca è la società attuale. Il proprietario, è la borghesia, la classe possidente. Il locatario, sono i proletari.

La casa è marcia, essa deve andare demolita. La borghesia non ha cuore. I proletari sono abbrutiti sotto la sua dominazione.

La lotta per la rappresentanza degli interessi distoglie dal vero scopo da raggiungere. Non è un cambiamento di persone che ci occorre, ma lo sconvolgimento della società intera nel suo corpo e nelle sue membra. Nessuno può dare garanzia che esso sarà migliore degli altri, perchè l'uomo è il prodotto delle circostanze e dell'ambiente che lo circonda. Non si respira aria sana in un'atmospera putrida.

Noi non vogliamo che lo schiavo diventi il padrone, ed il padrone lo schiavo, perchè sarebbe un cambiamento di persone e non di sistema. Quando, colui che è oggi in basso, monta domani in alto, e quando colui che è ora in alto, scende domani in basso, havvi forse qualche cosa di seriamente cambiato, di utilmente guadagnato?

La vendetta appartiene agli dèi, gli uomini devono mostrare che sono superiori agli dèi, e ciò faranno quando prepareranno un ambiente nel quale sarà annientato tutto quanto è basso ed ignobile.

Gli affamatori, i soddisfatti non vi comprendono, essi vivono fianco a fianco, cogli affamati, cogli insoddisfatti, ma l'uno non sa come l'altro vive. Sono due nazione in uno stesso paese. Quando un affamato rivoluzionario diventa un borghese soddisfatto è peggiore di colui che è ricco di nascita. È perciò che il proletario non deve mettere i suoi interessi nelle mani dei rappresentanti borghesi o dei rappresentanti operai che diventano poi dei borghesi.

Creare un ambiente nel quale vi sia pace e felicità per tutti, ecco il vero socialismo.

La Battaglia, SP, ano I, n° 35, 19 mar. 1905.